ALBUM

DU

JEUNE VOYAGEUR.

Paris. — Typ. de Mme Ve Dondey-Dupré, rue Saint-Louis, 46, au Marais.

ALBUM

DU

JEUNE VOYAGEUR

PAR

MICHEL MÖRING

ILLUSTRÉ PAR LOUIS LASSALLE.

PARIS

ALPHONSE DESESSERTS, ÉDITEUR,

PASSAGE DES PANORAMAS, 38.

INTRODUCTION

LA FAMILLE DE VILLEMEREUX.

A quelques lieues de Coutances, sur la route d'Avranches, on voit un joli petit village situé sur le penchant d'une colline verdoyante. Une charmante église, dont le clocher domine tout le paysage, semble protéger ces humbles demeures et appeler sur leurs habitants toutes les faveurs et toutes les bénédictions du ciel. Sur la gauche on distingue, au milieu des arbres, un vaste et magnifique château ; une longue avenue de hauts peupliers le rattache au village.

C'est dans ce château qu'habitait, il y a quelques années, la famille de Villemereux. Veuve à trente-cinq ans d'un capitaine de vaisseau enlevé trop tôt à son pays et à sa famille, madame de Villemereux avait consacré sa vie à l'éducation de ses trois enfants. L'aîné, reçu aspirant de marine, avait quitté sa famille depuis deux ans. La pauvre mère se consolait de cette pénible séparation en se vouant tout entière à ses deux plus jeunes enfants, Gaston et Marie. Gaston, âgé de douze ans, annonçait toutes les dispositions qui font les hommes de cœur et d'énergie. Marie, plus jeune de trois ans, avait dans l'âme le germe de toutes les vertus de sa mère.

Malgré tout le bonheur qu'elle trouvait dans l'éducation de ses charmants enfants, madame de Villemereux souffrait de l'absence de son cher Frédéric; le temps lui semblait long, et les lettres mêmes dans lesquelles le jeune aspirant commençait à parler de son retour ne pouvaient calmer la douleur de cette tendre mère.

Un jour que madame de Villemereux donnait à Gaston et à Marie une de ces leçons que l'amour maternel fait si douces et si profitables, on lui apporta une lettre avec le timbre de France. C'était l'écriture de son enfant bien-aimé! Tremblante d'émotion, elle brise le cachet, et pendant qu'elle lit ces lignes si longtemps et si ardemment désirées, des larmes de joie sillonnent ses joues.

Mais Gaston et Marie ont reconnu l'écriture de leur frère; ils pressent leur mère de questions, et celle-ci, pour mettre un terme à leur juste impatience, leur donne lecture de la lettre suivante :

« Ma mère chérie,

» Dans quelques heures, je vous embrasserai. Si l'affection suffisait pour abréger
» le temps et franchir la distance, je serais auprès de vous avant cette lettre.

» Dieu a exaucé vos prières, ma bonne mère; sa main a veillé sur votre enfant
» bien-aimé. Votre Frédéric vous revient sain et sauf après deux longues années
» d'absence; il vous revient avec tout son amour, avec le souvenir de vos vertus et
» de vos bienfaits; il vous revient digne de vous, le cœur plein de vos pieux ensei-
» gnements et de vos saintes leçons.

» Quelle joie de vous prodiguer à tous les trois les plus tendres embrassements,
» et de partager avec mon frère et ma sœur les caresses qui me rendaient autrefois si
» heureux !

» Dites bien à Gaston et à Marie que je n'ai pas oublié la promesse que je leur
» avais faite en partant. Je leur rapporte des nouvelles que j'ai recueillies pour eux
» dans quelques-uns des pays que j'ai visités. J'y ai joint des dessins représentant les

» costumes des habitants de ces contrées. J'espère que ce recueil, auquel j'ai donné » le nom d'*Album du jeune voyageur*, servira en même temps à les amuser et à les » instruire : c'est le double but que je me suis proposé.

» Maintenant, ma bonne et tendre mère, j'attends avec impatience le moment de » vous revoir. Retenu par les devoirs de ma position, je ne puis vous marquer encore » l'heure de mon arrivée ; mais ce sera aujourd'hui, je l'espère.

» Je vous embrasse respectueusement,

» Frédéric. »

Je vous laisse à penser, mes chers petits lecteurs et mes charmantes lectrices, si cette bonne nouvelle, à part le bonheur que leur causait le retour de leur frère, combla de joie Marie et Gaston.

Le reste de la journée se passa dans une vive impatience. Enfin, au moment où madame de Villemereux allait se mettre à table avec ses deux enfants et le digne curé du village, qui était accouru pour prendre part à la joie de la famille et revoir son cher élève, le roulement d'une voiture se fit entendre dans la cour du château.

C'est lui, c'est Frédéric !... Le voilà dans les bras de sa bonne mère ; il mêle ses larmes aux siennes : douces larmes de bonheur qui effacent toutes celles que l'absence a fait verser. Marie et Gaston ne sont pas oubliés dans cet échange de bonnes et tendres caresses. Le bon curé trouve également son tour ; il élève les mains vers le ciel pour remercier le Dieu qui rend les enfants à leur mère et qui lui ramène son cher Frédéric.

On se met à table. C'est à peine si Frédéric, accablé de questions, trouve le temps de répondre à tous. Les enfants surtout lui rappellent à chaque instant la bonne nouvelle que contient sa lettre, et, pour calmer leur impatience, Frédéric est obligé de leur promettre qu'après le dîner, il leur montrera cet Album objet de tous leurs désirs.

Le bon curé se retire, et madame de Villemereux se rend dans le parc avec ses trois enfants. On prend place sur un banc de bois auprès d'un guéridon rustique. C'est là que dans les beaux jours d'été, sous l'abri d'un chêne séculaire, les enfants prennent leurs leçons. Que de souvenirs cet endroit rappelle à Frédéric ! et comme il répète à sa bonne mère qu'il lui doit tout ce qu'il est et tout ce qu'il espère devenir un jour.

Enfin, après mille paroles de tendresse échangées entre eux tous, les enfants somment leur frère de tenir sa promesse. Frédéric se rend de bonne grâce à leurs désirs. Il va chercher l'Album ; puis l'ouvrant devant Gaston et Marie :

— C'est pour vous, mes chers amis, leur dit-il, que j'ai pris soin d'esquisser ces dessins et d'écrire ces nouvelles. Pendant tout le temps que j'ai été éloigné de ma bonne mère et de vous, ce travail a été ma consolation et mon occupation la plus douce. Vous le garderez donc comme un témoignage de mon affection et de ma sollicitude pour vous.

Mais il se fait tard, mes bons amis ; il faut songer à laisser reposer notre tendre mère. Contentons-nous, pour aujourd'hui, de regarder les dessins, et demain nous commencerons ensemble la lecture de l'*Album du Jeune Voyageur*.

LA CROIX FLEURIE

(BRETAGNE.)

Quel beau et touchant pays que la Bretagne, mon cher Gaston et ma bonne petite Marie!

Plus tard, quand vous saurez un peu plus d'histoire et de géographie, je vous donnerai sur la Bretagne et sur ses habitants des détails que j'ai recueillis pour votre instruction, mais qui auraient maintenant peu d'intérêt pour vous.

Voici ce que je vous dirai seulement aujourd'hui à ce sujet.

La Bretagne est située à l'ouest de la France, et bordée d'un côté par la mer et de l'autre par les anciennes provinces du Poitou, de l'Anjou, du Maine et de la Normandie.

Les Bretons, peuple celte d'origine, se réfugièrent, vers l'an 458, dans la province de Bretagne, anciennement appelée Armorique. Gouvernée par des souverains qui eurent successivement les titres de rois, de comtes et de ducs, elle fut apportée en dot par Anne de Bretagne à Charles VIII et à Louis XII, rois de France; cependant elle ne fut irrévocablement réunie à la couronne qu'en 1532, sous le règne de François Ier.

La Bretagne, divisée autrefois en *Bretagne proprement dite* et en *Basse-Bretagne*, forme aujourd'hui cinq départements : l'Ille-et-Vilaine, les Côtes-du-Nord, le Finistère, le Morbihan et la Loire-Inférieure.

La Bretagne est généralement un pays pauvre et souvent peu fertile; et, cependant, les habitants y vivent heureux, grâce à leurs habitudes de travail et d'économie, et surtout à leur peu d'ambition. Les Bretons sont religieux et bons; ils ont conservé intacts la foi de leurs pères, le respect du foyer, et l'amour du pays qui les a vus naître. Dieu, leur famille, le clocher de leur église et leur humble toit de chaume : voilà tout ce qu'ils connaissent et tout ce qu'ils aiment. Avec cela et un dur travail qui suffit à peine à leurs premiers besoins, ils sont heureux et n'ont d'autre désir que de reposer un jour auprès de la maison du bon Dieu, avec ceux de leurs parents et de leurs amis qui se sont endormis avant eux dans la foi du Seigneur.

A quelque distance de Chateaulin, est un pays fertile qui contraste heureusement, par son aspect riant et pittoresque, avec la plupart des contrées de la Bretagne. Les bords de la rivière d'Aulne, tout garnis d'arbustes flexibles, dont le léger feuillage s'incline au moindre souffle du vent, charment les yeux du voyageur. Par une belle journée de printemps, alors que le ciel est pur et radieux, que le soleil sourit à la nature joyeuse, que mille petites fleurs élèvent leurs tiges coquettes au-dessus de l'herbe épaisse des prairies, ce gracieux paysage laisse l'âme tout attendrie et la porte doucement vers le Créateur.

Je devais, comme vous le savez, mes chers amis, m'embarquer à Brest; mais comme le départ du navire se trouvait un peu retardé, j'avais obtenu la permission de profiter de ce délai pour faire quelques excursions dans les pays environnants.

Un jour que muni de mon album et mon bâton de voyageur à la main, je suivais les sinuosités de la rivière d'Aulne, cherchant un joli point de vue pour le dessiner, j'aperçus, à quelque distance de l'endroit où je me trouvais, une croix de pierre à moitié cachée par des branches d'églantiers, des genêts fleuris et des touffes de verdure. Des guirlandes de fleurs et de feuillage l'enlaçaient depuis la base jusqu'au sommet, et des couronnes de bluets et de marguerites, gracieux emblèmes de la piété naïve des habitants de ce pays, étaient déposées au pied de la croix.

Un genou appuyé sur le sol, un paysan priait avec une touchante ferveur. C'était un vrai Breton, au teint basané, aux larges et puissantes épaules ; un de ces robustes enfants de la vieille Armorique qui semblent défier la fatigue et la misère. Non loin de lui et debout, dans un pieux recueillement, se tenait une jeune femme d'une beauté pleine de grâce et de simplicité. Elle portait dans ses bras un petit enfant qui pouvait avoir deux ans. Son fils était si beau, il lui souriait si tendrement en agitant vers elle ses bras nus et roses, que la jeune mère interrompait souvent sa prière pour lui jeter un doux regard.

Cette scène m'émut jusqu'aux larmes. Tirer mes crayons et l'esquisser à grands traits, ce fut pour moi l'affaire d'un instant.

Vous la voyez ici telle que je l'ai reproduite à l'aide de cette esquisse et de mes souvenirs.

Pendant que je dessinais, le Breton s'était relevé, et, poussé par l'instinct de la curiosité, il s'était peu à peu rapproché de moi. Il avait une de ces bonnes et franches figures qui appellent la confiance. Le front découvert, il se tenait respectueusement à quelques pas de moi, et je le voyais tantôt examiner mon esquisse, tantôt regarder mon uniforme d'aspirant de marine avec une certaine attention.

Ce bon paysan m'avait inspiré tant d'intérêt au premier aspect, que je résolus d'engager la conversation. Et puis, il me semblait que dans la prière d'action de grâce de cette humble famille, il y avait tout un mystère.

Déjà je pensais à vous, mes chers amis, et à la promesse que je vous avais faite. Je devinais une bonne fortune.

— Vous paraissez heureux, lui dis-je. Si cette jeune femme est votre épouse, si ce bel enfant blond est votre fils, je conçois votre reconnaissance envers Dieu !

— La Providence est grande, me répondit-il; elle a exaucé nos prières et il est juste que nous la remerciions.

Le Breton était tout auprès de moi; il regardait attentivement le dessin, auquel je travaillais encore.

Je lui dis que la vue de cette croix ornée de fleurs et de couronnes m'avait doucement ému, et qu'en l'apercevant avec sa femme et son enfant au milieu de ce charmant paysage, l'idée m'était venue de reproduire cette scène pour en mieux garder le souvenir.

— Je ne sais si je me trompe, lui dis-je, mais je suis porté à penser que cette croix, parée avec tant d'amour et de soin, doit être en grande vénération parmi vous et qu'il s'y rattache quelque croyance touchante et mystérieuse.

— Vous avez deviné juste, mon jeune monsieur. Nous l'appelons la *Croix fleurie.* Vous viendriez ici tous les jours de l'année, que vous la trouveriez chaque fois avec une parure fraîche et nouvelle. Dans le temps de la froidure et de l'hiver même, quand toute la nature est triste et désolée, vous verrez toujours autour de notre *Croix fleurie* des rameaux d'arbres verts ; et si vous avez découvert, à l'abri d'un rocher, quelque pauvre fleur oubliée par la neige, ne la cherchez pas le lendemain dans son humble retraite, vous la retrouverez ici.

C'est que nous croyons tous (et le Breton se signa dévotement) que cette croix bénie protége notre pays, et qu'elle appelle les bénédictions du ciel sur les habitants du hameau que vous voyez là-bas au travers d'un rideau de hauts peupliers. Si l'orage gronde au loin avec fracas, la foudre respecte nos demeures ; si la grêle dévaste les récoltes, la nuée terrible passe au-dessus de nos champs sans s'y arrêter ; si quelque maladie porte la désolation dans les campagnes, le fléau épargne nos familles. Enfin nos prés sont toujours verts, nos moissons toujours belles ; nous vivons heureux malgré notre pauvreté ; et c'est la *Croix fleurie* qui nous assure la protection du ciel : nos pères le croyaient, nous le croyons comme eux et nos enfants apprennent de nous la même foi et le même amour.

— Mais tenez, mon jeune monsieur, vous paraissez incrédule ; venez avec nous ; acceptez pour quelques instants l'hospitalité dans ma chaumière, et, pendant que vous vous reposerez un instant des fatigues de la route et que vous laisserez tomber la chaleur du jour, je vous raconterai une histoire qui vous intéressera, j'en suis sûr, et qui vous fera croire comme nous à la protection de la *Croix fleurie.*

Cela dit, le paysan Breton appela sa femme et lui fit voir le dessin que je venais d'achever. Puis, je pliai mon léger bagage d'artiste.

Nous prîmes un joli sentier à travers la prairie et nous arrivâmes bientôt au hameau.

La demeure de mon hôte était tout à l'entrée du pays.

Au fond d'un enclos entouré d'une haie vive, dont la moitié servait de cour et dont l'autre était disposée en jardin, on voyait un petit bâtiment d'habitation auquel attenaient une étable et un hangar. Des toits de chaume, des murs en terre n'annoncent guère que la gêne et la pauvreté ; et cependant cette modeste demeure, encadrée d'arbustes et de verdure, avait un aspect si propre et si coquet, que l'œil s'y arrêtait sans tristesse. On y pressentait le bonheur ; et le bonheur, mes amis, ne finit pas avec le luxe et l'opulence : il est partout où les cœurs sont naïfs et bons, où les âmes se confient dans la Providence, où les hommes ne regardent jamais au-dessus d'eux pour murmurer et se plaindre, mais toujours au-dessous pour louer et pour bénir Dieu.

Une petite porte basse nous donna accès dans une vaste pièce; c'était la seule et unique chambre de la chaumière.

La jeune femme posa doucement dans son berceau l'enfant qui s'était endormi dans ses bras. Elle étendit sur la table une nappe qui ne devait servir qu'aux grands jours de cérémonie, plaça des tasses et des cuillers de bois, et tira du vieux bahut une jatte de lait et des galettes de blé noir. Nous prîmes place sur des bancs autour de ce repas rustique.

— Pardonnez-moi, me dit la jeune femme avec une grâce charmante, de vous présenter si peu de chose ; mais nous sommes de bien pauvres gens et nous ne pouvons qu'offrir de bon cœur le peu que le bon Dieu nous donne.

— Vraiment, mes chers hôtes, j'aurais tort de me plaindre quand je rencontre une si bonne aubaine. Et puis les voyageurs, vous le savez, n'ont pas le droit d'être difficile, les marins encore moins. Plus d'une fois peut-être dans ma vie je regretterai ce modeste repas, et, quoi qu'il m'advienne, je n'oublierai jamais ni cette heureuse rencontre, ni votre cordiale hospitalité.

Mais vous m'avez parlé d'une histoire, dis-je au paysan breton, en me tournant vers lui, et quand vous voudrez tenir votre promesse, je vous écouterai avec plaisir.

— M'y voici, me dit-il ; et il commença en ces termes :

Je vous ai dit que la *Croix fleurie* semblait veiller sur les habitants de ce hameau ; il en est peu, en effet, parmi nous qui n'aient ressenti les effets de sa protection.

Vous allez en juger.

Il y a de cela vingt ans, tout le hameau de Loërmel était en grand émoi. La fille d'un de nos cultivateurs venait d'épouser le fils d'un des fermiers les plus aisés des environs.

Or ce n'est pas une petite affaire qu'une noce dans notre pays : c'est une fête générale à laquelle tout le monde est invité; une fête qui dure plusieurs jours et pendant laquelle on s'abandonne d'autant plus volontiers à la joie et au plaisir que les jours de travail sont pour nous les plus nombreux dans l'année.

Le dernier jour de la noce, les danses venaient de cesser; les *sonneurs* avaient fait entendre leur dernier *guez* sur le *bignou;* une partie des habitants étaient déjà rentrés dans leurs demeures, quand tout à coup un cri terrible se fait entendre : Au feu! au feu!....

Un incendie venait de se déclarer dans la chaumière du vieux Jennic.

Quand on arriva sur les lieux, et qu'au milieu de la confusion générale, on eut organisé quelques moyens de secours, il n'était plus temps de préserver la demeure de Jennic; une chaumière voisine était déjà la proie des flammes, et au lieu d'arrêter l'incendie, il ne fallait plus songer qu'à lui faire sa part, à le circonscrire et à sauver les demeures environnantes.

Soudain on se rappelle que ceux qui habitent les deux chaumières à moitié consumées par les flammes, doivent être rentrés chez eux à la nuit tombante. C'est, dans l'une, le vieux Kervoan, et son petit-fils Jennic, et, dans l'autre, la bonne mère Kerzenet et Havoïse, sa petite-fille.

— Sauvons-les!.... sauvons-les!... s'écrient plusieurs voix.

Et aussitôt, malgré les prières et les larmes de leurs épouses et de leurs enfants, plusieurs hommes se précipitent au milieu de l'incendie pour arracher ces malheureuses victimes à la mort.

Quelques instants se passent dans une longue et terrible anxiété!

Enfin on les voit reparaître portant deux enfants évanouis. A peine ont-ils franchi le seuil des deux chaumières, les poutres cèdent et la toiture s'écroule dans un tourbillon de flammes et de fumée.

Pauvres chers enfants! les voilà donc désormais sans abri et sans famille.

Jennic! tu ne reverras plus ton vieux grand-père, le seul parent qui te restât ici-bas pour t'aimer et pour veiller sur toi!

Et toi, ma gentille Havoïse, tu ne trouveras plus les caresses ni les soins de cette bonne grand'mère, qui filait bien tard chaque nuit pour t'élever et te nourrir!

Mais la fraîcheur de la nuit a ranimé les deux pauvres petits. Bientôt ils ouvrent les yeux. Ils demandent leurs parents!... On leur montre le ciel.

On s'assura avec bonheur que Jennic et Havoïse n'avaient pas été atteints par les flammes, et on ne songea plus qu'à les éloigner au plus vite de cet endroit fatal. Deux bonnes mères de famille en prirent chacune un, et elles se hâtèrent de les emmener dans leurs demeures.

Pendant ce temps les secours s'étaient organisés; les paysans avaient formé la chaîne, et peu à peu on était parvenu à se rendre maître du feu.

Les premières lueurs du jour vinrent éclairer cette scène de désolation. Là où la veille s'élevaient deux chaumières, il n'y avait plus que des ruines et des débris fumants. Sous ces débris gisaient deux cadavres auxquels leurs amis et leurs parents ne devaient même pas avoir la consolation de rendre les derniers devoirs.

Le vieux Kervoan était âgé de soixante-quinze ans. C'était encore un vieillard robuste et plein de santé. Il avait eu jadis une nombreuse famille; mais la mort avait tout moissonné autour de lui : Jennic seul lui était resté. C'était un touchant spectacle de voir ce vieillard vénérable veillant sur ce jeune enfant, alors que Jennic était encore tout petit, et que ses pas mal assurés avaient encore besoin d'un guide et d'un appui. L'enfant avait grandi, n'aimant que Dieu, son grand-père, et la *Croix fleurie*, auprès de laquelle celui-ci lui avait appris à prier chaque jour.

Dans l'autre chaumière, c'était la même histoire, les mêmes malheurs. Dame Kerzenet avait connu l'aisance et le bonheur. Son fils, le père d'Havoïse, servait dans la marine marchande. Homme laborieux et intelligent, il amassait un petit pécule qu'il faisait soigneusement passer à sa femme et à sa mère. Et la famille vivait heureuse: elle n'avait qu'à louer et à bénir Dieu. Mais un jour, tout ce bonheur s'évanouit: le vaisseau que montait Kerzenet fut englouti par un naufrage, et les feuilles publiques racontèrent que l'on n'avait sauvé aucun homme de l'équipage. La mère d'Havoïse ne put se consoler de la perte de son mari, et elle mourut bientôt, confiant sa fille à la Providence et à l'amour de sa bonne grand'mère. Pauvre mère Kerzenet, seule et brisée par les années, elle avait eu bien de la peine à élever sa chère Havoïse; mais, avec l'aide de ses voisins et du bon Dieu, l'enfant n'avait manqué de rien, et la misère s'était toujours arrêtée au seuil de la chaumière. Aussi mère Kerzenet répétait-elle chaque jour à sa petite-fille de n'oublier jamais de remercier le ciel; et chaque matin vous auriez vu la blonde enfant orner la *Croix fleurie* de guirlandes nouvelles et s'agenouiller dévotement pour prier Dieu.

Hélas! que de souvenirs et que de larmes!

On ne put parvenir à consoler les deux jeunes enfants. Ils avaient tout perdu et rien ne pouvait les arracher à leurs regrets et à leur douleur.

Le sommeil cependant descendit sur leurs paupières et vint pour quelques instants leur apporter l'oubli de leurs maux.

Quand ils s'éveillèrent, le soleil était déjà à la moitié de sa course.

Ce n'était plus leur chaumière ; ce n'était plus ce visage aimé qui leur souriait doucement ; leurs yeux se remplirent de larmes.

Ils ne demandèrent pas !... ils se souvenaient.

Cependant une même pensée leur vint à tous deux ; chacun de leur côté, ils se levèrent à la hâte et se disposèrent à sortir.

Quand la bonne mère qui avait recueilli Jennic, lui demanda où il allait ainsi, il lui répondit : à la *Croix fleurie!*

Havoïse, de son côté, fit la même réponse.

Tous les deux, comme par une inspiration du ciel, se rencontrèrent au pied de la croix. Là, ils donnèrent un libre cours à leurs larmes et à leurs sanglots.

Quand ils eurent longtemps pleuré et qu'ils eurent récité toutes les prières que leurs grands-parents leur avaient apprises, ils se relevèrent et s'assirent sur une des marches de la croix.

Là ils causèrent longtemps.

Havoïse et Jennic avaient pour ainsi dire été élevés ensemble. Si, d'une part, leurs chaumières se touchaient, de l'autre, le malheur avait rapproché leurs vieux parents, chez lesquels une profonde amitié avait depuis longtemps remplacé les relations de bon voisinage.

Jennic avait douze ans. C'était déjà un grand et fort garçon, habitué au travail et capable de gagner son pain, si dans un pays où les bras des hommes faits trouvent à peine leur salaire, on avait pu employer ceux d'un enfant.

Havoïse n'avait encore que sept ans ; mais elle en paraissait au moins neuf. Avec ses longs cheveux qui retombaient en larges boucles sur ses épaules, avec ses grands yeux bleus aux regards tristes et doux, elle ressemblait à un de ces anges du bon Dieu que l'on voit sur le grand tableau de l'église de Chateaulin.

Oh ! qu'ils devaient être beaux, au milieu de cette riche nature, assis au pied de cette croix bénie, ces deux pauvres petits êtres si étroitement unis par l'infortune ! et comme la Providence devait laisser tomber sur eux ses plus tendres regards de miséricorde et de bonté !

— Jennic ! disait Havoïse, qu'allons-nous devenir ?... Grand'mère ! Grand'mère !... ne reviendras-tu pas ?

Et la petite fille sanglotait à fendre le cœur.

— Ne pleure pas, Havoïse, répondait Jennic, nos vieux parents nous protégeront du haut du ciel. Grand-père me disait que c'est le bon Dieu qui veille sur les petits oiseaux quand on les a privés de leur mère : le bon Dieu prendra soin de nous, Havoïse, comme il prend soin des petits oiseaux du ciel. Écoute, nous le prierons tant, nous serons si sages, si laborieux et si dociles, qu'il ne nous abandonnera pas.

— Oh! moi, je viendrai tous les jours à la *Croix fleurie*, comme du temps que grand'mère vivait. Et toi, Jennic?

— Moi...

Jennic fut interrompu par le vénérable recteur de la paroisse. La nouvelle de l'incendie était arrivée jusqu'à lui, et il était accouru pour apporter sa part de consolations et de secours.

En suivant un sentier, à quelque distance de la *Croix fleurie*, le recteur avait aperçu les deux enfants; il s'était approché doucement, et, caché derrière la croix, il avait entendu leur conversation naïve et touchante.

Jennic et Havoïse s'étaient levés tout honteux et tout interdits.

Le recteur les embrassa, les bénit, et, les prenant par la main, il s'achemina avec eux vers le village.

Il alla droit à la demeure de Goarnec.

C'était le cultivateur le plus aisé du pays; aussi bon, aussi compatissant qu'il était intelligent et laborieux.

Entouré de sa nombreuse famille, Goarnec prenait le repas de midi.

En voyant entrer le recteur, tout le monde se leva; puis on lui offrit la place d'honneur qu'il s'empressa d'accepter, en déclarant que la longueur de la route l'avait disposé à faire honneur au repas de la famille.

On fit également placer les deux orphelins, et ce fut à qui les comblerait d'attentions et de soins.

Pendant le dîner, le recteur et Goarnec avaient à plusieurs reprises conversé à voix basse. Dès que le repas fut achevé et que l'on eut rendu grâces à Dieu, ils sortirent tous les deux.

Ils se mirent à causer des deux pauvres enfants, et de ce que l'on pourrait faire pour assurer leur sort.

— Dans nos pays, mon jeune monsieur, vous rencontrerez rarement l'aisance et le bien-être; mais vous y trouverez plus rarement encore la misère. Nous nous aimons, nous nous soutenons, nous nous aidons les uns les autres, et si quelque malheur vient frapper l'un de nous, chacun s'empresse de le tirer d'embarras, lui ou sa famille.

Voici donc ce qui arriva dans cette circonstance :

Goarnec et le recteur se rendirent chez quelques habitants du hameau, et, après avoir recueilli leurs observations et s'être assurés de leur concours, ils arrêtèrent le plan suivant.

On ferait à Jennic un petit pécule, et il irait à Lorient, muni d'une lettre de recommandation du recteur pour un capitaine de vaisseau marchand de ses amis. Celui-ci, sans aucun doute, consentirait à recevoir l'enfant comme mousse à son bord, et se chargerait de prendre soin de lui jusqu'au moment où il serait en état de se suffire à lui-même.

Pour Havoïse, voici comment on devait s'y prendre : le peu de terre que possédaient Kervoan et la mère Kerzenet seraient abandonnées à Goarnec. Celui-ci garderait Havoïse et l'élèverait comme sa propre fille; de plus, il s'engageait à lui rendre le petit bien de sa grand'mère quand elle viendrait à trouver un épouseur. Il promettait de même de restituer l'héritage de Kervoan à Jennic, lorsque son engagement serait expiré et qu'il reviendrait se fixer au pays.

Les choses étant ainsi arrêtées, on fit à Jennic un petit paquet de linge et de hardes, on lui mit deux écus dans une bourse de cuir, et il fut décidé qu'il partirait le lendemain.

Jennic partit en effet, non sans avoir versé d'abondantes larmes, non sans avoir fait de longs adieux à sa compagne d'enfance et d'infortune, non sans avoir dit une dernière et fervente prière à la *Croix fleurie.*

Nous ne le suivrons pas dans son voyage, demandant son chemin de hameau en hameau; tantôt couchant à l'abri des grands bois, tantôt recevant l'hospitalité dans quelque chaumière.

Nous le retrouvons à Lorient. Il a vu le capitaine Simon, et il lui a remis la lettre du recteur.

Bientôt Jennic est engagé comme mousse.

Huit jours après, à bord du navire *le Finistère*, il faisait voile pour un autre hémisphère.

Habitué dès l'enfance à la fatigue et aux exercices du corps, Jennic ne fut pas longtemps à se faire à son nouveau métier. Il se fit remarquer par sa bonne volonté, et le capitaine le prit en affection.

C'était, du reste, un bien excellent homme que le capitaine Simon; sévère pour tout ce qui tenait à l'accomplissement du devoir, il savait adoucir la rigueur de la discipline par une grande justice et une parfaite bienveillance. On le craignait, mais on l'aimait bien plus encore.

A cet endroit de son récit, mon hôte parut en proie à une vive émotion; des larmes vinrent mouiller ses paupières.

Il s'arrêta quelques instants; puis il reprit en ces termes :

Jennic fit de nombreux voyages; il grandit et se développa. Aidé des conseils du capitaine, il acquit un peu d'instruction.

A seize ans, il était matelot; à vingt ans, quartier-maître; à vingt-cinq ans, le *second* du navire.

Enfin, le désir de revoir son pays natal le prit au cœur.

Ce fut en vain que le capitaine Simon lui montra quel intérêt il avait à poursuivre la carrière dans laquelle il avait si heureusement débuté; ce fut en vain qu'il lui peignit l'avenir sous les couleurs les plus heureuses et les plus attrayantes; qu'il lui parla de fortune et d'honneurs. Le cœur du pauvre Jennic était insensible à l'ambition; l'air de son pays, une chaumière sur l'emplacement de celle de son aïeul, une famille à aimer et à nourrir du travail de ses bras : voilà tout ce qu'il désirait au monde.

Souvent, dans les longues nuits de traversée, seul, étendu sur le pont et suivant dans les cieux une étoile brillante qui lui semblait celle de son bonheur, il avait rêvé aux jours de son enfance; des souvenirs confus s'étaient déroulés à ses regards; des voix mystérieuses avaient retenti à son oreille : alors ses yeux se remplissaient de larmes, des désirs secrets agitaient son cœur, et il lui semblait qu'il n'y avait pour lui de bonheur ici-bas que dans cet humble coin de terre abrité par la *Croix fleurie*.

Cependant le vaisseau faisait voile vers la France, déjà on avait perdu de vue les côtes d'Espagne, et bientôt....

Mais une horrible tempête se prépare. Le ciel est noir et menaçant; les vagues s'amassent et se soulèvent.

Tout l'équipage est inquiet, et le capitaine lui-même, malgré sa longue expérience, et ce sang-froid que donne l'habitude du danger, ne peut se défendre d'une certaine anxiété.

Le vent s'élève avec violence; il s'engouffre dans les voiles et dans les cordages. Les éclairs sillonnent la nue, la foudre gronde avec fracas.

Le capitaine donne des ordres, Jennic les transmet, et les matelots exécutent, sous leur direction, toutes les manœuvres qui peuvent préserver le vaisseau.

Mais il semble que tout soit inutile pour conjurer le danger. Bientôt un des mâts est brisé par la tempête, et le frêle navire, couvert par des vagues énormes, est menacé à chaque instant d'être englouti.

A ce moment suprême, l'homme, convaincu de sa faiblesse et de son impuissance, sent qu'il n'a plus d'espoir que dans celui qui commande aux éléments eux-mêmes.

A genoux sur le pont, l'équipage priait. Dieu seul pouvait sauver le navire!

Jennic priait aussi; puis il pleurait en pensant qu'il ne reverrait jamais sa Bretagne chérie, l'humble hameau, la *Croix fleurie!*.....

Mais pourquoi, au souvenir de la *Croix fleurie,* un rayon d'espérance s'est-il glissé dans son cœur? Pourquoi, alors que la mort est imminente, et que rien semble ne pouvoir l'arracher au danger, les terreurs de son âme se sont-elles calmées soudain?... Une voix mystérieuse a redit à son oreille ces paroles qu'il prononçait autrefois au pied de la croix protectrice :

« Dieu veille sur les petits oiseaux quand on les a privés de leur mère; le bon » Dieu prendra soin de nous comme il prend soin des petits oiseaux... Écoute, » Havoïse, nous le prierons tant qu'il ne nous abandonnera pas. »

Et la voix disait encore :

« Oh! moi, je viendrai tous les jours à la *Croix fleurie!*... et toi, Jennic!... »

Et moi aussi, répondit Jennic dans le fond de son cœur; si le ciel me délivre, je jure de ne pas passer un seul jour sans aller m'agenouiller au pied de la *Croix fleurie!*.....

— Mais que fais-tu donc là, Jennic, disait le capitaine Simon en frappant sur l'épaule de son second; ne vois-tu donc pas que le danger est passé, et qu'il est temps de réparer nos avaries!

Le danger, en effet, avait cessé; l'orage s'était dissipé; les vagues s'apaisaient peu à peu et le soleil commençait à percer les nuages.

Deux jours après, *le Finistère* entrait dans le port de Lorient.

Un mois ne s'était pas écoulé, que Jennic, riche pour toute sa vie de ce que le bon capitaine Simon l'avait contraint d'accepter, revoyait son hameau et embrassait Goarnec et tous ceux qui avaient pris pitié de son enfance.

— Tant qu'à la fin de l'histoire, mon jeune monsieur, me dit le Breton, en me montrant sa femme et son enfant, je n'ai pas besoin, je pense, de vous la dire.

Croirez-vous maintenant à la *Croix fleurie ?*....

LA FILLE DU MULETIER

I

Pédro était bien le plus joyeux muletier de toutes les Espagnes. Avec son costume élégant, son chapeau coquettement incliné, sa mine fière, et, surtout, grâce à une bourse à moitié passée dans sa ceinture, et dont le contenu paraissait fort respectable, vous auriez dit quelque grand d'Espagne déguisé en muletier.

Comme ses mules étaient belles et parées! Vives et légères sous leurs riches harnais, elles semblaient partager la joie et l'ardeur de leur maître; leurs jambes fines et nerveuses dévoraient l'espace, et le son joyeux de leurs grelots, se joignant au bruit de leurs pas, accompagnait en cadence les gais refrains de Pédro.

Car Pédro chantait toujours. Seulement ses refrains étaient plus gais au retour; son fouet claquait plus fort; ses mules couraient plus vite.

Et de loin en loin l'écho redisait son refrain :

Je vais revoir ma fille,
Mon seul bonheur, mon seul amour.
Allons, mule gentille,
Vite, au galop pour le retour.

Et tous les habitants de Guadaïra sortaient en entendant les chansons du gai muletier et les grelots de ses mules. Et plus d'un lui criait : Pédro!... Pédro!... — mais Pédro les laissait crier. Il s'agissait bien pour lui de tous ces importuns : n'avait-il pas aperçu, à travers les tourbillons de poussière que soulevait le galop de ses mules

sa fille bien-aimée, sa Miretta chérie, qui, du seuil de sa demeure, lui faisait des signes joyeux et répondait de loin à ses chants d'amour et d'allégresse!

Comme elle était belle Miretta, avec ses longs cheveux d'ébène, ses grands yeux à demi voilés, sa taille svelte et élancée, avec toute la grâce et la vivacité de sa jeunesse! Coquette et parée comme pour un jour de fête, chaque jour elle attendait son père; et joyeuse enfin de le revoir, après ces longues heures d'absence, elle oubliait sa solitude et son chagrin en lui prodiguant les plus tendres caresses.

Ce jour-là, l'heure à laquelle Pédro revenait habituellement était passée depuis longtemps, et le muletier n'était pas encore de retour.

Miretta commençait à être inquiète, et plusieurs fois déjà elle était allée sur la route au-devant de son père.

Enfin les chants accoutumés se font entendre. Cette fois, c'est bien lui. Bientôt il est auprès de sa fille. Il saute lestement à terre et la presse tendrement dans ses bras.

— Ah! père, comme tu viens tard aujourd'hui! Ce n'est pas bien de délaisser ainsi Miretta: elle a si peu de temps à passer auprès de toi.

— Dame, Miretta, on n'a pas tous les jours de bonnes aubaines; il faut profiter de celles que le bon Dieu nous envoie et songer un peu à l'avenir. Tiens, mon enfant, la journée a été bonne, et voici un *douero* tout neuf qui grossira ton petit trésor.

— Merci, père, tu es trop bon pour moi, et j'aurai bientôt ma belle robe neuve Mais hâtons-nous de rentrer; le souper nous attend depuis longtemps.

— Holà! Fernando, viendras-tu donc prendre mes mules?

Mais Pédro fut obligé de répéter son appel deux ou trois fois.

Enfin, un grand et robuste garçon arriva en trébuchant et en se frottant les yeux, comme un homme qui vient de prendre un à-compte sur sa nuit.

Pédro lui donna ses instructions, puis il rentra dans son logis, en ferma soigneusement la porte et vint prendre place avec Miretta auprès d'une table sur laquelle fumait un plat de perdrix dont l'agréable aspect ne pouvait qu'aiguiser encore l'appétit des convives.

A peine étaient-ils installés qu'un carrosse s'arrêta devant la maison. Deux hommes en descendirent et vinrent frapper à la porte du muletier.

Pédro alla ouvrir, non sans témoigner quelque mauvaise humeur contre les importuns qui venaient le déranger dans un pareil moment. Les deux inconnus entrèrent et saluèrent gracieusement Pédro et la jeune fille. Malgré la simplicité de leur costume, la noblesse de leur tournure et l'air de distinction répandu sur leur physionomie décelaient en eux une noble origine. L'un était un vieillard et l'autre un homme dans toute la force de la jeunesse.

— Maître muletier, dit le vieillard, nous voudrions arriver ce soir même à Séville; celui qui nous a amenés jusqu'ici ne veut pas aller plus loin, et nous venons vous demander de nous fournir un attelage et de nous y conduire.

— Mais, messeigneurs, il se fait bien tard et vous savez que la route est peu sûre; depuis un mois surtout on n'entend parler que de carrosses arrêtés la nuit par les brigands, de voyageurs dévalisés et rançonnés; on parle même de quelques assassinats. Je n'ai pas de conseils à vous donner, messeigneurs, mais si j'étais à votre place, j'aimerais mieux attendre jusqu'à demain.

— Nous vous sommes reconnaissants des renseignements que vous voulez bien nous fournir; mais l'affaire qui nous amène est d'une telle importance que la crainte des dangers dont vous nous parlez ne saurait nous retenir. Nous savons que nous pouvons nous fier à vous, maître Pédro : il s'agit de papiers importants que nous devons remettre ce soir même au gouverneur de Séville; il est prévenu de notre arrivée, et nous devons nous hâter autant qu'il est en notre pouvoir.

— Je devais, messeigneurs, vous instruire des dangers que vous pouvez courir; maintenant si vous persistez dans votre résolution, je suis tout prêt à vous faire conduire, d'autant plus qu'il s'agit des affaires de l'État, et que notre reine n'a pas de sujet plus fidèle et plus dévoué que le pauvre muletier de Guadaïra.

— Mais, maître, pourquoi ne pas nous conduire vous-même?

— La journée a été longue et je n'ai pas cessé d'être en route.

— Nous saurons reconnaître convenablement, seigneur Pédro, le surcroît de peine et de fatigue que nous vous occasionnons, mais nous désirons être menés par vous.

— Eh bien, messeigneurs, qu'il soit fait comme vous le souhaitez. Je vais donner l'ordre de préparer l'attelage. Mais j'espère que vous voudrez bien, en attendant, prendre votre part de ce petit repas. Il fait bon en voyage de prendre quelques forces, surtout si vous avez voyagé vite, vous devez avoir été bien mal traités le long de la route.

Miretta se hâta de dresser le couvert des deux étrangers; mais de sombres pressentiments assiégeaient son âme, et il lui semblait que le malheur était entré avec ces inconnus dans la demeure de Pédro.

Le repas fut court. Les convives parlaient peu et répondaient seulement avec politesse aux questions que leur adressait Pédro qui, toujours plein de verve et de gaieté, faisait à lui seul tous les frais de la conversation.

Fernando vint annoncer que le carrosse était attelé. Les deux étrangers prirent congé de la jeune fille et montèrent en voiture. Pédro écouta toutes les recommandations que lui fit Miretta; il souriait, ou plutôt il feignait de sourire : au fond il était inquiet.

On partit. La nuit était noire. La journée avait été chaude et orageuse; de gros nuages couvraient le ciel; d'épaisses vapeurs semblaient sortir de la terre. C'était à peine si Pédro pouvait distinguer la route; et si depuis vingt ans il n'avait pas parcouru ce chemin à toute heure du jour et de la nuit, il n'aurait pu faire autrement que de heurter le carrosse à quelque arbre ou de le conduire dans quelque fossé.

De Guadaïra à Séville, la route traverse une plaine immense. Ici ce sont des plants de vignes, là des bois d'aloès et d'oliviers. Jamais, peut-être, une nature plus belle et plus riche ne s'offrit aux regards. Mais aussi pas la plus petite habitation, pas la moindre chaumière dans ce vaste paysage. L'homme y manque, a dit un auteur. Aussi la route de Guadaïra à Séville est-elle peu sûre, surtout la nuit.

Il semblait ce soir-là que tout se réunît pour ouvrir l'âme aux plus tristes pressentiments : l'obscurité de la nuit, le vent qui formait mille voix plaintives en traversant les bois d'oliviers, les tourbillons de poussière que l'ouragan chassait au loin avec violence, les larges gouttes de pluie qui tombaient par intervalles, tout cela disposait à la tristesse et à la frayeur.

Pédro ne chantait pas. Plusieurs fois il avait cru entendre au loin des bruits sourds, et comme l'écho mystérieux de voix qui parlent bas; plusieurs fois il avait cru voir surgir des formes étranges. Il se moquait de ces terreurs et, malgré lui cependant, il ne se sentait pas aussi rassuré que de coutume.

Quant aux deux voyageurs, ils dormaient profondément dans le fond du carrosse.

Tout à coup, à un détour de la route, un coup de sifflet se fait entendre et, avant que Pédro ait pu voir d'où venait le danger et songer à la défense, le carrosse est entouré, les mules sont arrêtées à la bride, et le pauvre muletier, saisi, bâillonné et garrotté, est déposé sur le bord du chemin.

Or voici la terrible scène dont il fut témoin.

Quoique surpris à l'improviste les voyageurs se défendirent résolûment. Les deux premiers brigands qui essayèrent de pénétrer dans la voiture tombèrent mortellement blessés; mais d'autres leur succédèrent : les deux étrangers ne purent, malgré tout leur courage, résister au nombre des assaillants, et ils payèrent de leur vie leur audacieuse résistance.

Mais quel ne fut pas le désappointement des brigands quand, au lieu des richesses qu'ils convoitaient, ils ne trouvèrent qu'une bourse faiblement garnie, quelques bijoux de peu de valeur et des liasses de papiers qui leur parurent probablement d'une bien minime importance, car ils les jetèrent avec dédain sur la route.

Les brigands paraissaient être au moins une vingtaine. Pédro ne pouvait voir leurs visages; mais ce ne fut pas sans effroi qu'il lui sembla entendre des voix dont le son ne lui était pas inconnu.

— Voilà une vilaine affaire, dit l'un d'eux; prenons garde maintenant aux soldats de la milice.

— Il est temps de partir, j'en conviens, répondit un autre; mais qu'allons-nous faire du muletier?

— S'il parle, dit un troisième, il nous fera découvrir. Ne vaudrait-il pas mieux nous en débarrasser?

— Ma foi, voilà assez de sang répandu aujourd'hui, répliqua celui qui paraissait être le chef de la bande; nous allons lui faire jurer de ne jamais rien révéler sur nous, puis nous le laisserons libre de s'en aller avec son carrosse et ses mules. S'il parle, nous saurons bien le retrouver.

Après quelques hésitations, la proposition fut adoptée.

Alors le chef des brigands s'approcha de Pédro et, lui mettant le poignard sur la gorge :

— Jure, lui dit-il, que tu ne donneras jamais aucuns détails sur la scène dont tu viens d'être témoin, et que, quand même tu aurais pu reconnaître quelques-uns d'entre nous, tu ne les dénonceras jamais.

Pédro sentit la pointe de la lame. Seul au monde, il aurait préféré la mort; mais il pensa à sa fille, et il répondit : — Je le jure.

— Ainsi donc tu seras muet comme la tombe; tu te laisseras accuser, condamner même, sans jamais rien révéler à la justice?

— Je le jure, dit Pédro; et l'image chérie de Miretta était toujours devant ses yeux.

— Souviens-toi que, si tu manquais jamais à ton serment, tu n'échapperais pas à notre vengeance; songe que notre haine s'étendrait jusqu'à ta fille et que, comme toi, elle tomberait bientôt sous nos coups. Va, sois libre.

Et avec la lame de son poignard, le brigand trancha les liens qui retenaient Pédro.

Il achevait à peine de le débarrasser que des soldats de la milice parurent tout à coup.

Les brigands s'enfuirent dans toutes les directions, mais pas assez vite cependant pour ne pas être aperçus.

Pédro, qui avait à peine fait quelques pas, fut saisi et conduit devant le chef de la troupe.

— N'es-tu pas, lui dit celui-ci, le muletier qui conduisait ces honorables seigneurs que nous venons de trouver assassinés dans ce carrosse?

— Oui, répondit Pédro.

— Eh bien, parle; que s'est-il passé?

Pédro garda le silence.

— Mais parleras-tu? Crois-tu que nous ayons le temps d'attendre ton bon plaisir en ce moment?

— Je dois me taire, dit Pédro. Vous m'accuseriez même — et Dieu sait si je suis innocent! — que je ne pourrais rien dire pour ma défense.

— Je comprends, dit l'officier; tu étais leur complice et tu ne veux pas les dénoncer. En route donc! M. le corrégidor de Séville trouvera bien le moyen de te faire parler.

Et sur l'ordre de l'officier, le pauvre Pédro fut enchaîné de nouveau et entraîné par quelques soldats dans la direction de Séville.

Le reste de la troupe se mit à la poursuite des brigands, qui paraissaient s'être enfuis dans la direction de Guadaïra.

II

Miretta veille et travaille en attendant le retour de son père.

Elle est bien jeune encore, Miretta, et cependant elle remplace, à force de travail et de soins, la compagne chérie que son père a perdue. Seule, elle suffit à tout; levée la première, souvent elle travaille encore lorsque tout le monde repose dans la maison. Enfin, depuis deux ans que sa mère est allée rejoindre les anges du ciel, son père est entouré des mêmes soins et de la même tendresse; il n'a pas un reproche à faire, pas un désir à exprimer.

Mais Pédro tarde bien à revenir. Miretta est triste et tout inquiète. Souvent elle quitte son ouvrage et sort sur le pas de la porte, cherchant à surprendre quelque bruit lointain; mais rien ne répond à son attente.

Plus l'heure s'avance, plus l'âme de Miretta est en proie à la tristesse et à l'anxiété. Serait-il arrivé quelque accident à son père? aurait-il été attaqué par les brigands qui infestent le pays depuis quelque temps?

A cette pensée, mille terreurs assiégent la pauvre Miretta, elle se jette à genoux et prie Dieu avec ferveur de veiller sur son père.

Mais le temps marche, et Pédro ne revient pas.

Tout à coup la porte de la maison, que Miretta a laissée entr'ouverte, s'ouvre précipitamment, et un homme paraît, pâle et les vêtements en désordre. Son air singulier, son costume, des armes passées dans sa ceinture, lui donnent un aspect vraiment effrayant.

Miretta demeure anéantie : elle veut crier, et sa voix reste étouffée dans son gosier; elle veut fuir, et ses pieds semblent attachés au sol.

Mais cet homme vient à elle en suppliant :

— Sénora, lui dit-il, sauvez-moi! Je suis un criminel, un brigand, un homme indigne de pitié et de clémence; mais je suis poursuivi, et si je tombe entre les mains de la milice, je ne reverrai plus ma fille. Sauvez-moi pour elle, non pour moi!

A cet appel, Miretta retrouve toute sa présence d'esprit. Son cœur s'ouvre à la pitié. Elle qui aime tant son père et que son père aime tant, elle comprend toutes les angoisses de ce malheureux. Et puis devons-nous jamais refuser notre secours à celui qui nous demande asile et protection, quelque indigne qu'il soit de notre commisération!

— De grâce, sénora, ajoute le brigand, répondez à ma prière; vous pouvez me sauver, le voulez-vous?

— Parlez, que faut-il faire?

— Fermez d'abord la porte de ce logis. On fouille en ce moment les premières maisons du village; bientôt on va venir ici même. Si vous avez quelque endroit où vous puissiez supposer que je doive être à l'abri des recherches, je m'y cacherai. Vous, si on vient dans cette demeure, vous feindrez l'étonnement et la surprise, et vous déclarerez résolûment que vous n'avez vu personne.

Il parlait encore; des coups de crosse de fusil ébranlent violemment la porte.

— Ouvrez, dit-on, au nom de la loi et de la reine.

D'un geste, Miretta indique au brigand un cabinet dont l'entrée est à moitié dissimulée dans les panneaux d'une cloison; elle referme la porte sur lui et va ouvrir à l'alcade et aux soldats de la milice.

— Ma belle enfant, dit l'alcade, un homme ne se serait-il pas introduit ici en l'absence de votre père?

— Vraiment non, monsieur l'alcade; personne n'est entré ici ce soir.

— Vous permettrez, ma toute belle, quoique nous ayons confiance dans vos paroles, que nous visitions un peu la maison : nous avons pour cela des raisons toutes particulières. A propos, ma chère enfant, il ne faudra pas vous étonner si vous ne voyez revenir Pédro ni ce soir ni même demain. Il paraît que ce cher Pédro se trouve compromis dans une vilaine affaire; il est innocent, j'en suis sûr; mais jusqu'à présent les apparences sont contre lui et.....

La pauvre Miretta n'en entendit pas davantage: elle tomba évanouie sur le sol.

Quand elle revint à elle, elle se retrouva dans sa chambre, étendue sur son lit. Une lampe était allumée sur sa table; auprès de la lampe était un billet récemment écrit, et qui lui était adressé.

Voici ce que contenait ce billet :

« Vous qui m'avez si généreusement secouru, prenez courage, et souvenez-vous que » je sauverai votre père, dussé-je me perdre moi-même. »

III

Depuis deux jours, Pédro était renfermé dans un sombre cachot. Chargé de chaînes, étendu sur une paille humide, il était soumis au régime le plus sévère et le plus rigoureux.

Mais les privations et les souffrances qu'il endurait, le sort même qui semblait le menacer, tout cela n'était rien à côté de la douleur qu'il ressentait d'être éloigné de sa fille chérie. L'inquiétude déchirait son cœur. Qu'était devenue Miretta, seule et sans appui? Hélas, se disait-il, qui veillera sur elle désormais, qui la protégera?

Le sommeil vint enfin apporter un adoucissement à ses chagrins et à ses maux. Un doux rêve lui apporta l'image de Miretta. Elle était là dans sa prison; elle le consolait, elle lui parlait de courage et d'espérance.

Heureux rêve! douce illusion, ne vous évanouissez pas!

Mais Pédro se sent éveillé par de tendres caresses; ses yeux s'ouvrent et rencontrent encore la même image.

Oh! ce n'est point un rêve; c'est bien elle, c'est Miretta. L'amour filial l'a fait triompher de tous les obstacles. Pauvre fille, à défaut de ruse et d'artifice, elle a l'éloquence du cœur, cette éloquence à laquelle rien ne résiste, ni la sévérité des juges, ni la rigueur même des geôliers les plus inflexibles.

Pédro raconta à Miretta tout ce qui s'était passé depuis leur séparation.

Le lendemain de son arrivée dans la prison, il avait été interrogé par le corrégidor. Il n'avait pu que protester de son innocence en déclarant qu'il ne pouvait répondre aux questions qui lui seraient adressées sur les auteurs du crime. Le corrégidor, quoique irrité de son silence à cet égard, paraissait assez disposé à le croire innocent et à le faire mettre provisoirement en liberté. Malheureusement la famille des deux victimes était riche et puissante; elle avait obtenu que Pédro restât en prison et que son procès s'instruisît dans le plus bref délai; elle semblait vouloir faire retomber sur lui tout le poids de sa vengeance.

— Mais toi, ma chère enfant, dit Pédro, comment as-tu pu parvenir jusqu'à moi?

— Je me suis présentée devant le corrégidor; il m'a repoussée. Alors je me suis adressée au gardien de la prison, et il a d'abord refusé d'accéder à ma prière et à mes larmes; mais ses enfants, touchés de ma douleur, ont intercédé pour moi, et il a fini par se laisser fléchir, en m'avertissant, toutefois, qu'à l'avenir toutes mes supplications seraient inutiles.

— Tu es une bonne fille, Miretta; tu as le courage et le dévouement de ta mère. Pauvre enfant! tu vas avoir besoin maintenant de force et de courage : les mauvais jours se sont levés pour nous, et notre bonheur s'est évanoui comme un songe!

— Mais Dieu nous rendra le bonheur, mon père; n'est-il pas impossible que votre innocence ne soit pas promptement reconnue?

— Enfant, je ne veux pas porter le désespoir et le découragement dans ton âme; d'ailleurs, j'espère comme toi dans la justice et dans la bonté de Dieu; mais, hélas! je suis sans protecteur et sans appui auprès de mes juges; et le silence que je garde sur la manière dont ce crime horrible a été commis, doit leur faire croire que j'en avais préparé ou, tout au moins, favorisé l'exécution.

— Oh! je vous sauverai, mon père! je vous sauverai!

Et la jeune fille, les yeux levés vers le ciel, semblait demander à Dieu de lui inspirer un moyen de salut.

Dieu protége l'innocence et il bénit la piété filiale.

Des pas se font entendre dans le corridor qui conduit au cachot. Bientôt la lourde porte roule sur ses gonds.

Miretta croit qu'on vient l'arracher à son père; folle de désespoir elle se précipite vers lui et l'étreint dans ses bras.

Mais une voix qui lui semble descendre du ciel la rend au bonheur et à l'espérance.

— Rassurez-vous, aimable enfant, et séchez vos larmes : c'est la délivrance de votre père que je vous apporte. Il doit sa liberté à son innocence; mais il la doit aussi au cœur généreux et au dévouement de sa fille. Pédro, vous êtes libre; la justice connaît maintenant les coupables.

C'était le corrégidor en personne qui parlait ainsi dans la prison de Pédro.

On s'empresse d'enlever les chaînes au prisonnier, qui se jette joyeux dans les bras de sa fille.

Un autre homme est enchaîné à la place de Pédro. Miretta pousse un cri en reconnaissant en lui celui qu'elle avait sauvé dans la nuit même de l'arrestation de son père.

— Soyez heureuse, Sénora, lui dit-il, vous méritez votre bonheur. Vous voyez que je me suis souvenu de ma promesse; je vous avais dit : « Je sauverai votre père, dussé-je me perdre moi-même. »

— Oh ! merci, dit Miretta; soyez béni ! La justice des hommes sera pour vous moins sévère, la miséricorde de Dieu sera plus ineffable et plus grande, puisque vous avez sauvé l'innocent et rendu un père à la tendresse de sa fille.

Et Miretta et Pédro revinrent à Guadaïra ; et le souvenir de ces jours de larmes ne ne fit qu'accroître leur affection et augmenter leur bonheur.

Telle est l'histoire que me contait un joyeux muletier sur la route de Séville.

En passant à Guadaïra, il me montra la demeure de Pédro. C'était une jolie maison qui réjouissait l'œil par son air d'aisance et de propreté. Avec ses murs blanchis à la chaux, ses jalousies vertes coquettement relevées, on eût dit la *villa* de quelque riche hidalgo. Une belle vigne qui laissait voir sous ses pampres des grappes jaunes et dorées, mariait son feuillage à celui de plusieurs pieds de rosiers dont la tige s'élevait jusqu'au faîte de la maison, et dont les fleurs charmantes encadraient les fenêtres de bouquets frais et gracieux.

Je m'étais arrêté quelques instants. Comme j'allais m'éloigner, je vis Pédro sortir tenant une mule par la bride, et paraissant prêt à partir pour une excursion. Miretta le suivait portant un plateau, et semblant l'inviter par de tendres regards à prendre ce qu'elle venait de préparer pour lui. C'était une ravissante jeune fille; son doux visage reflétait toutes les qualités de son âme.

Je partis tout ému par ce charmant tableau, dont le souvenir me suivit longtemps et me fit oublier et les beautés de la route et le joyeux bavardage de mon guide qui me les faisait admirer.

Mais je m'aperçois que je ne vous ai pas encore parlé de l'Espagne, mon cher Gaston et ma chère Marie. Je veux cependant vous en dire quelques mots; car il ne faut pas que l'agréable nous fasse oublier l'utile.

L'Espagne, baignée d'un côté par la Méditerranée, et de l'autre par l'océan Atlantique, est bornée au nord par la France, à l'ouest par le Portugal, et au sud par l'Afrique, dont la sépare le détroit de Gibraltar.

L'Espagne a de tout temps été célèbre par sa fertilité et par la douceur de son climat. Peu de contrées, en effet, présentent une position plus heureuse, une nature plus belle, plus variée et plus féconde.

Mais ses richesses ne consistent pas seulement dans les nombreux produits d'un sol fertile; les peuples qui ont successivement tenté de s'y établir y ont tous laissé des traces de leur passage : des mœurs et des costumes qui varient avec chaque province, des villes et des monuments qui ont gardé l'empreinte de leur origine première; voilà ce que le voyageur observe avec un étonnement non moins grand qu'une végétation qui change à chaque pas, et qui, après vous avoir montré au nord les produits des zones tempérées, étale au midi toutes les richesses des pays chauds.

Comme constitution politique, comme histoire et comme souvenirs, l'Espagne se lie étroitement à la France, et tout porte à croire que cette union se resserrera de plus en plus, à mesure que les discordes civiles s'apaiseront dans son sein, et que le développement de son commerce et de son industrie rendra plus faciles des relations qui seront pour ces deux grands états une source de richesse et de prospérité.

LA FONTAINE MERVEILLEUSE.

(SUISSE.)

La Suisse est un des pays les plus beaux et les plus pittoresques de l'Europe. Rien n'égale la grandeur et la variété de ses sites : c'est la nature dans tout ce qu'elle a de plus imposant et de plus majestueux. Ici vous voyez des monts dont les cimes couvertes de neige semblent se perdre dans les nues; là ce sont des vallées riches et fertiles, de gras et verdoyants pâturages où paissent de nombreux troupeaux; plus loin c'est un torrent impétueux qui, resserré d'abord entre les rochers, trouve enfin une issue plus large et se précipite avec fracas dans des abîmes dont l'œil ne peut mesurer la profondeur. De grands fleuves, des lacs immenses, des forêts de sapins, se dessinant en lignes noires sur l'horizon et contrastant avec le reste de la végétation par leur aspect sombre et sévère, complètent cet imposant tableau et rappellent à l'homme, à chaque pas, la puissance de Dieu et la grandeur de ses œuvres.

La Suisse est entourée par la France, le grand-duché de Bade, le Tyrol, le royaume Lombard-Vénitien et les États Sardes. Elle se divise en vingt-deux cantons dont les principaux sont ceux de Zurich, de Lucerne et de Berne.

Il semble que la position même de la Suisse, les hautes montagnes qui forment autour d'elle comme une ceinture de remparts inaccessibles, aient dû la défendre contre l'avidité des peuples voisins et l'ambition des conquérants. Mais il n'en est pas ainsi. Depuis la domination romaine jusqu'au commencement du dix-neuvième siècle, la Suisse n'a cessé de lutter pour recouvrer son indépendance et se constituer comme nation. Aujourd'hui, grâce à la France, et en particulier à l'empereur Napoléon Ier, elle forme un état libre et respecté.

Les Suisses sont fiers et courageux. L'habitude des durs travaux, les longues courses, l'air vif des montagnes les rendent forts et robustes. Leur vie est simple et frugale. De chétives cabanes mal couvertes et mal closes, et qui n'ont pour elles que les récits dus à l'imagination des touristes, voilà ce qui les défend contre les rigueurs de l'hiver, ce qui les protége contre l'avalanche ou la tempête. Encore passent-ils pour la plupart une partie de l'année dans la montagne, n'ayant d'autre abri que le ciel. Ceux-là, les plus jeunes, les plus alertes, partent avec les troupeaux dès que la neige commence à fondre, gagnant sur elle à mesure qu'elle se retire et découvre les pâturages : du pied même de la montagne, ils arrivent ainsi jusqu'au sommet. Mais lorsque l'hiver commence à reparaître, la neige reprend peu à peu le terrain qu'elle a cédé ; elle chasse devant elle bergers et troupeaux, et finit par les ramener au point de départ. Pendant ces longues excursions où ils sont exposés à tant de fatigues et à tant de dangers, ces pauvres gens n'ont pour toute nourriture qu'un pain noir et dur et un peu de lait clair et de fromage.

Et, cependant, ces hommes, qui vivent de travail et de privations, ne se plaignent jamais. Leur visage est joyeux, leur âme est simple et tranquille. Ils sont doux et bons ; ils accueillent le voyageur avec empressement, et ils partagent gaiement avec lui le gîte et le souper de la famille.

Celui qui a peu et qui donne de bon cœur, mon cher Gaston et ma chère Marie, ne pratique-t-il pas l'hospitalité la plus vraie et la plus généreuse !

J'avais quitté Bulle et je m'en allais visiter le couvent des Chartreux de la Part-Dieu. Je voyageais à pied, suivant mon habitude. La Suisse est un détestable pays pour les gens en voiture ; mais pour les modestes piétons, c'est bien différent. Cette nature si variée dans son aspect et toujours si grandiose et si belle, ces paysages qui se déroulent à vos pieds, ces magnifiques tableaux qui s'élèvent au-dessus de vos têtes, tout cela vous cause à chaque pas des impressions profondes, des sensations toujours nouvelles, qui vous font oublier la chaleur du jour et les fatigues de la route.

Souvent le sentier que vous suivez se perd dans quelque forêt de sapins, ombreuse et parfumée. Plus loin vous rencontrez, suspendu au-dessus d'un torrent rapide, un pont étroit et fragile, que vous traversez en tremblant, comme s'il devait céder sous vos pas et vous entraîner avec lui dans l'abîme. Mais le sentier s'enfonce dans des rochers couverts de mousse et de fleurs. Oh ! les charmantes petites fleurs ! Comme elles sont gracieuses et coquettes! comme elles étalent au soleil leur riche et fraîche parure! Comme elles embaument l'air de leurs parfums délicieux!

Mais on s'oublie en voulant tout regarder et tout voir; on s'écarte de sa route, on se perd; et le jour est à son déclin, et l'on court le risque de passer la nuit à la belle étoile.

C'est ce qui venait de m'arriver en suivant le sentier qui mène à la Part-Dieu.

Heureusement que j'entendais non loin de moi les clochettes des troupeaux et les refrains des bergers.

Je pressai le pas, et au bout de quelques instants, je me trouvai sur une route plus large où j'aperçus une belle jeune fille qui ramenait ses génisses, en chantant un *ranz* avec la voix la plus pure et la plus fraîche que l'on puisse imaginer.

Je m'approchai d'elle et lui demandai si j'avais encore beaucoup de chemin à faire pour gagner *la Chartreuse*.

— Vous vous êtes un peu écarté de votre route, monsieur, me répondit-elle, et je doute que vous puissiez y arriver ce soir. La nuit va bientôt descendre sur la montagne, et vous vous exposeriez à tomber dans quelque précipice en voyageant à pareille heure.

— Mais, lui dis-je, il faut donc me résoudre à me passer de souper et à dormir au pied de quelque mélèze.

— Il y a, me dit-elle, un autre moyen : venez avec moi ; notre chalet est à deux pas d'ici ; mon père et ma mère seront fort aises de vous recevoir, et ils vous offriront de grand cœur un mauvais souper et un mauvais gîte.

Il va sans dire que j'accepte avec empressement.

Au bout de quelques instants, nous apercevons le chalet. Assis sur un banc de bois, auprès de la porte, le père et la mère s'entretiennent doucement, en attendant le retour de Ketty.

Car elle s'appelle Ketty, mon aimable conductrice; elle me l'a déjà dit plusieurs fois dans un charmant bavardage, où j'ai trouvé tout ce qu'il faut pour captiver celui qui écoute : du cœur, du bon sens et de l'esprit. Elle se fâche quand je l'appelle mademoiselle. — Cela est bon, me dit-elle, pour les jeunes filles des villes. Je la nomme donc Ketty, et nous sommes les meilleurs amis du monde.

Nous voici arrivés devant le chalet.

— Bonsoir, père, bonsoir, mère ! dit Ketty. Je vous amène un monsieur que j'ai trouvé égaré dans la montagne.

Le père et la mère se sont levés en apercevant un étranger. Celle-ci me fait une humble révérence; celui-là se découvre et vient à moi en me tendant une main que je presse de bon cœur.

— Soyez le bien venu, monsieur, me dit-il, et venez vous reposer sur ce banc en attendant le souper. — Tu ne nous feras pas attendre, n'est-ce pas, Ketty? les journées sont longues dans la montagne, et monsieur doit avoir besoin de prendre un peu de nourriture.

Je m'excuse de mon mieux auprès de ces braves gens, de venir les déranger ainsi. Ils me répondent que je leur fais un grand plaisir de vouloir bien m'arrêter dans leur chalet, et que ce sont eux, au contraire, qui doivent s'excuser de me recevoir aussi mal.

Mais voici Ketty; elle vient annoncer que le repas est prêt.

Nous entrons dans le chalet, et nous prenons place autour de la table. Du pain noir, du fromage et du lait, voilà tout le menu du souper; mais tout cela est si proprement servi et si appétissant, que l'on ne regrette pas une table mieux garnie.

La gaîté assaisonne le repas. Peu à peu la conversation s'anime, on se familiarise, et on dirait presque que je suis de la famille.

Le repas achevé, le père dit les grâces et nous sortons pour prendre l'air en attendant l'heure du repos.

Nous nous installons devant le chalet, sur un beau gazon qui forme un charmant parterre entouré d'une haie de cytise et de buissons d'églantier. De là mes regards plongent dans la vallée.

Un murmure de chansons joyeuses, auxquelles se joignent les sons de la flûte champêtre et les différents timbres des mille clochettes des troupeaux, arrive jusqu'à nous, porté par la brise embaumée du soir. L'écho répète ces bruits lointains : la nature et l'homme se répondent dans ce concert, et leurs voix montent vers le ciel comme un hymne de reconnaissance et d'amour.

Les ombres de la nuit descendent peu à peu sur le magnifique panorama qui se déroule à mes regards, et je ne distingue plus qu'à travers un voile mystérieux tous les objets qui m'environnent.

Mon hôte répond complaisamment à toutes mes questions. Ici, c'est un moulin que l'eau du torrent fait tourner; là, c'est une église; plus haut, et derrière ces forêts de mélèzes et de sapins, c'est la Chartreuse de la Part-Dieu.

— Mais quel est, dis-je à mon hôte, ce petit clocher qui s'élève à peu de distance de nous? est-ce quelque chapelle vénérée, quelque saint ermitage caché sous l'abri des grands bois?

— C'est la *Fontaine merveilleuse*, me répondit-il.

— Comment! c'est une fontaine?

— Oui, monsieur, et vous en trouverez beaucoup de semblables dans nos contrées.

— Mais d'où vient son nom de *Fontaine merveilleuse?*

— Ma foi, on dit dans notre pays, où l'on est un peu plus superstitieux que partout ailleurs, que cette fontaine est habitée par une fée puissante. Malheur à l'imprudent qui vient troubler ses ondes pures et limpides; sa vengeance le poursuit partout; le soir, sous mille formes fantastiques, elle effraie ses vaches et les chasse vers les précipices; elle jette des maléfices sur lui et sur sa famille; et, quand l'avalanche terrible roule et se précipite du haut de la montagne, on dirait qu'une main invisible la pousse sur sa demeure.

Mais elle est bonne et bienfaisante pour ceux qui respectent son repos; on dit même que plus d'une fois, de pauvres gens dans l'embarras ou dans la peine se sont adressés à elle, et qu'elle les a généreusement secourus. Telle est la chronique du pays, on la répète sans y croire peut-être autant qu'on en a l'air; car voyez-vous, nous savons bien tous que la fée qui nous protége, c'est la providence du bon Dieu.

Mais, tenez, pour finir la soirée, ma femme va vous conter une histoire sur la *Fontaine merveilleuse*, une histoire vraie, celle-là, et dont nous connaissons mieux que personne tous les détails.

Le brave homme alluma gravement sa pipe, tout le monde fit silence, et la bonne mère commença en ces termes :

Il y a de cela vingt-cinq ans, je n'étais encore qu'une jeune fille de l'âge de Ketty. J'habitais, à quelques pas d'ici, un chalet où demeurent encore mes vieux parents.

Mon père et ma mère étaient peu aisés; aussi nous travaillions tous, et, jusqu'à ma petite sœur Betty, chacun prenait sa part des labeurs et de la fatigue. On parvenait ainsi à grand'peine à gagner le pain de chaque jour.

Mais vinrent les mauvaises chances.

Un soir, l'orage me surprit dans la montagne comme je ramenais au chalet notre petit troupeau. Les éclairs et le bruit du tonnerre jetèrent l'épouvante parmi mes vaches; elles prirent leur course en quittant les sentiers frayés, et il ne me fut plus possible ni de les retenir, ni même de les suivre. Quand je revins au chalet, de six qu'elles étaient, il n'en restait plus que deux. C'est en vain que nous parcourûmes la montagne le lendemain pour retrouver celles qui nous manquaient; elles s'étaient jetées dans les précipices.

Grandes furent notre consternation et notre douleur à tous. C'était la plus grande de nos ressources, qui venait de nous être enlevée. Encore si nous avions pu réparer cette perte!

A partir de ce jour, la misère et la peine entrèrent dans notre chalet. Ce fut en vain que nous nous levâmes plus tôt et que nos veilles se prolongèrent plus avant dans la nuit; ce fut en vain que mon père essaya de trouver de l'ouvrage au dehors; tous nos efforts furent inutiles et bientôt le pain manqua dans la maison, et souvent je fus obligée d'aller demander aux bons pères Chartreux le pain de l'aumône, qu'ils ne refusent jamais à celui qui frappe à leur porte.

Nous ne pouvions rester dans une semblable situation.

Un jour un de ces hommes qui parcourent nos pays pour recruter la milice, s'arrêta dans notre chalet. Il vit notre misère et il en profita pour proposer à mon père un engagement à prix d'argent. Poussé par la misère et par le désespoir, mon père signa Si nous avions été là, nous nous serions jetés entre lui et ce barbare, nous lui aurions dit que nous préférions mille fois les plus dures privations à cette séparation cruelle; mais nous étions sorties un instant, ma mère et moi, et, quand nous revînmes, il n'était plus temps : le raccoleur venait de partir avec l'engagement fatal, et le prix de la liberté de mon père était là sur la table.

Je vois encore mon père, la tête dans ses deux mains, absorbé tout entier dans sa douleur, et pleurant comme pleurent les hommes, avec ces larmes qui tombent péniblement une à une, et qui sont encore plus tristes à voir couler qu'elles ne doivent être douloureuses à répandre. Il ne nous vit pas entrer, et il fallut nos pleurs et nos caresses pour l'arracher à ce sommeil d'affliction et d'abattement dans lequel il était plongé.

Quand il nous eut tout raconté, ce fut à lui de consoler ma mère : je crus qu'elle ne supporterait pas cette affreuse nouvelle.

— Oh! mon ami! lui dit-elle, pourquoi avoir pris cette funeste résolution! Le ciel aurait peut-être eu pitié de nous; nous aurions peut-être trouvé autour de nous un peu d'aide ou quelques secours qui nous auraient permis de sortir d'embarras! Crois-tu que nous n'aurions pas mieux aimé toutes les tortures de la misère, les angoisses de la faim, la mort même, que de te voir ainsi partir loin de nous, sans savoir si nous nous reverrons jamais!

— Femme, lui répondit mon père, ce qui est fait est fait. Au lieu de nous laisser aller au désespoir, nous devons chercher à prendre un peu de force et de courage. Nous le devons à la Providence, contre laquelle il ne faut jamais murmurer; nous nous le devons à nous, et surtout à nos pauvres enfants.

Puis il ajouta :

— Peut-être ai-je eu raison d'agir ainsi. Que seriez-vous devenus, puisque mes bras ne pouvaient vous nourrir! Avec ces cent écus vous vivrez une année: pendant ce temps-là j'amasserai tout ce qui me restera de ma solde, tout ce que je pourrai gagner par mon travail, et peut-être pourrai-je subvenir ainsi à vos besoins. Je vais en France; on dit que c'est un pays où les hommes sont bons et compatissants; quand je dirai que je cherche de l'ouvrage pour assurer l'existence de ma femme et de mes enfants, on aura pitié de moi, on m'en donnera, j'en suis sûr, et je pourrai utiliser pour vous les instants de liberté que me laissera le service.

Mais il partit; il trompa nos larmes. Il nous avait annoncé son départ pour le surlendemain, et, la nuit même, profitant de notre sommeil à tous, il dit adieu au chalet, et s'éloigna de sa femme et de ses enfants.

Quel réveil!

Ma pauvre mère ne pouvait croire à tant de malheur, et la douleur égarait presque sa raison. Je dissimulai mon chagrin pour essayer de la consoler; mais tous mes efforts furent inutiles : chaque jour qui s'écoulait semblait augmenter sa peine. Bientôt sa santé s'altéra, ébranlée par tant de secousses. Elle fut bientôt obligée de garder le lit.

J'étais en proie à la plus vive inquiétude. Ma mère était si faible que je ne pouvais la quitter un seul instant; car ma sœur était encore trop jeune pour pouvoir me remplacer auprès d'elle.

Un matin, après une nuit passée dans les souffrances et dans les larmes, elle s'endormit. Je profitai de son sommeil pour m'occuper un peu des soins du ménage. Notre provision d'eau était presque épuisée, et je descendis avec Betty à la *Fontaine merveilleuse* pour la renouveler. L'esprit tout imbu des croyances mystérieuses généralement répandues dans le pays sur cette fontaine, je n'allais jamais y chercher de l'eau. Mais cette fois je n'avais pas à balancer; ma mère était malade, et pour rester le moins longtemps possible éloignée d'elle, je devais aller au plus près. Or la *Fontaine merveilleuse* était la source la plus rapprochée de notre habitation.

Figurez-vous, mon cher monsieur, au milieu d'un bois touffu, une grotte dont l'entrée est à moitié cachée par la mousse et le lierre. C'est à peine si la lumière du jour pénètre dans cette grotte. L'eau sortant à une certaine hauteur, tombe avec bruit dans une auge de pierre disposée pour la recevoir, et s'échappe de là avec un doux murmure pour se répandre dans la montagne, où elle devient peut-être, par les jours d'orage, un torrent impétueux qui se précipite avec fracas de rocher en rocher. Sur la grotte on a élevé ce petit clocher, que vous voyiez tout à l'heure, et que l'obscurité de la nuit vous empêche maintenant d'apercevoir.

J'étais toute tremblante d'émotion et de crainte en entrant dans la grotte, et Betty se serrait contre moi, cachant sa jolie tête blonde sous les plis de mon tablier.

— Est-ce que c'est ici que demeure la fée, me dit-elle?

— On le dit, ma petite Betty.

— Sœur, l'as-tu vue quelquefois, la fée?

— Jamais, Betty.

— Est-elle bonne, dis, ma sœur?

— Si l'on croit ce que tout le monde dit, elle ne fait de mal qu'à ceux qui la tourmentent.

— Ma sœur, une fée peut faire tout ce qu'elle veut : peut-être que si nous lui demandions de nous ramener notre père, elle irait le chercher bien loin où il est pour nous le rendre.

Et la charmante enfant s'approcha de la source et dit en élevant ses petites mains :

— Bonne fée, nous ne vous avons jamais fait de mal; rendez-nous notre bon père, afin que notre mère ne soit plus malade et que nous soyons tous joyeux et contents!

Une voix, douce comme la brise dont le souffle nous caresse en ce moment, sembla sortir de la partie la plus reculée de la grotte, où l'obscurité ne nous permettait de rien distinguer.

— Espérez, mes enfants, nous dit cette voix; votre père vous sera rendu.

Je restai comme frappée de stupeur, tandis que Betty, au contraire, sautait en frappant dans ses deux mains et répétait toute joyeuse : «Merci, merci, bonne fée ! »

— Mais viens donc, ma sœur, me dit Betty; il ne faut plus t'attrister, puisque la fée nous a promis de ramener papa ; montons vite consoler notre bonne mère ; nous lui raconterons ce qui vient de nous arriver.

Nous revînmes au chalet et je racontai tout à ma mère. Sans doute elle n'y ajouta aucune foi ni aucune importance ; seulement elle nous montra le ciel de sa main pâle et amaigrie, en nous disant :

— Voilà, mes enfants, notre seul espoir; c'est Dieu seul qui peut venir à notre aide.

Cependant huit jours se passèrent. Ma mère s'affaiblissait de plus en plus; elle ne quittait pour ainsi dire pas son lit. En proie à un chagrin mortel, j'entrevoyais déjà qu'elle ne pourrait résister au mal qui la consumait. Et pourtant au milieu de mes tristes pensées et de mes funestes pressentiments, le souvenir de la *Fontaine merveilleuse* m'apparaissait comme un rayon d'espérance; et souvent, la nuit, je croyais voir une femme blanche et mystérieuse, qui se penchait à mon oreille, et me disait d'une voix douce comme la brise du soir dont le souffle caresse nos fronts :

« Espérez... Votre père vous sera rendu! »

Un jour ma mère était plus souffrante et plus abattue ; elle avait souhaité que je l'amenasse devant le chalet, et là, sur le banc où mon père s'était si souvent assis à ses côtés, elle contemplait tristement les derniers rayons du soleil couchant, tournant ses regards et sa pensée vers le pays où celui dont elle pleurait l'absence avait dû porter ses pas.

Ce jour-là le ciel était plus pur que de coutume, la nature plus riche et plus belle, la brise plus fraîche et plus parfumée. Et nous, pauvre famille en deuil, nous semblions égarés au milieu de cette nature en fête.

Agenouillée auprès de ma mère, Betty avait la tête appuyée sur ses genoux; ma mère la caressait doucement en passant ses doigts dans sa longue et soyeuse chevelure. Je m'étais emparée d'une de ses mains, que je pressais dans les miennes, la couvrant souvent de tendres baisers.

Mais au milieu des refrains des bergers, une voix dans le lointain a frappé mon oreille. Cette voix... mais je n'ose appeler sur elle l'attention de ma mère, dans la crainte d'augmenter encore sa douleur. Mais la voix approche...... Je ne puis plus me taire.

— Mère ! mère ! entendez-vous les accents de cette voix qui semble venir vers nous?

Et ma mère, sortant du sommeil de sa douleur, écoute quelques instants. Elle se lève peu à peu, ses yeux se remplissent de larmes; puis elle tombe à genoux en s'écriant :

« — Merci, mon Dieu, c'est lui....... c'est bien lui! »

C'était lui en effet, c'était mon père! Nous voilà dans ses bras : toutes nos peines sont finies, tous nos maux sont oubliés.

Après les premiers épanchements, et lorsque mon père eut réparé ses forces épuisées par une longue route, ma mère voulut savoir quelle main mystérieuse l'avait ramené vers nous; et voici ce que mon père lui conta.

Il était arrivé à Paris depuis deux jours, lorsqu'un matin le colonel du régiment où il devait servir le fait appeler. Il était Suisse comme lui.

— Eh bien, mon compatriote, lui dit-il, il paraît que nous avons au pays une femme et des enfants qui se désolent et qui ne peuvent se consoler de notre départ? Il ne faut pas les laisser plus longtemps dans la peine. Tenez, voici votre engagement; vous êtes libre. Il y a chez nous assez de jeunes gens qui ne laisseront pas derrière eux le désespoir et la misère : le roi ne voudrait pas que l'on prît pour son service de braves gens qui ont une famille à aimer et à nourrir. Voici une bourse que je suis chargé de vous remettre. Ne m'en demandez pas davantage : votre bienfaiteur veut rester inconnu. Donnez-moi la main, et partez.

Et mon père était parti; et, grâce à l'argent dont on l'avait muni, il avait pu abréger la longueur de la route.

Nous finîmes depuis par savoir que notre bienfaiteur invisible, que la fée qui nous avait secourus, était la fille même du colonel.

Le colonel Knepp avait en effet une propriété voisine de notre chalet, dans laquelle sa fille passait la plus grande partie de la belle saison.

Le jour où nous étions descendues, Betty et moi, à la *Fontaine merveilleuse*, elle se trouvait dans la grotte. Assise dans un endroit où l'obscurité la dérobait à nos regards, elle avait entendu notre conversation; et c'était elle qui avait répondu à l'invocation naïve de Betty à la fée de la fontaine. Après avoir pris des renseignements à notre insu, elle avait écrit à son père, et celui-ci s'était associé de grand cœur à la bonne action de sa fille chérie.

Nous avons longtemps entouré la bonne Frantzia, la fille du colonel Knepp, de reconnaissance et d'amour. Souvent quand je descendais avec Betty à la *Fontaine merveilleuse*, nous la rencontrions sur notre chemin. Comme elle était belle avec le costume du pays! car lorsqu'elle était dans nos montagnes, elle quittait ses riches vêtements pour reprendre les nôtres. Elle caressait Betty, s'informait de la santé de mon père et de ma mère, de nos affaires, de notre bonheur à tous, et ne nous quittait jamais sans nous laisser au cœur la joie et l'espérance.

Hélas! depuis dix ans on ne l'a plus revue parmi nous. Un riche mariage l'a enlevée à l'amour et à la reconnaissance de tous ceux dont elle était la providence et le soutien.

Aussi, depuis ce temps, on dit que la fée n'habite plus la *Fontaine merveilleuse*.

GINETTO

C'était un pauvre enfant, gardant les chèvres dans la campagne de Rome, ne pensant qu'à Dieu et à sa mère, et ne connaissant de la vie que la misère et le travail.

On l'appelait Ginetto.

Chacun l'aimait et le protégeait, et c'était à qui lui confierait le soin de mener son troupeau, tant il était probe et intelligent, tant il savait, à force de zèle et de bonne volonté, se gagner l'estime et l'affection de tout le monde.

Comme il était beau, le petit pâtre romain, et comme il avait l'air fier, malgré ses haillons et sa pauvreté!

Ginetto pouvait avoir douze ans. C'était un fort et robuste enfant, au teint bruni et hâlé par le soleil. De grands yeux pleins de feu et de vivacité; une belle chevelure noire encadrant des traits fins et réguliers et retombant en boucles épaisses : tel était Ginetto, Ginetto le pâtre, qui s'en allait marchant pieds nus sur le sable brûlant, portant d'une main le bâton du pasteur, et caressant de l'autre Graziella, sa chevrette aimée, la préférée de tout le troupeau, celle qui répondait le mieux à sa voix et qui, triste ou joyeuse comme lui, semblait lire dans ses regards et deviner sa pensée.

Il était heureux, Ginetto, quand, le soir, après avoir ramené à leurs maîtres les chèvres confiées à sa garde, il revenait auprès de sa mère, accompagné de Graziella. Le cœur lui battait dès qu'il apercevait la chaumière.

Il aimait tant sa mère, la bonne Magdalena!

Jamais amour ne fut plus vif que celui de Magdalena pour son fils; jamais affection ne fut plus tendre que celle de Ginetto pour sa mère. Ce que l'une avait donné de tendresse et de soins, l'autre ne pensait qu'à le rendre à son tour.

C'est qu'elle avait bien souffert et bien travaillé, Magdalena, pour élever son Ginetto! Restée veuve à vingt ans, sans appui, sans famille, elle avait lutté contre tous les obstacles, puisant du courage dans sa prière et dans les doux regards de son fils.

Qu'il y a de force et de puissance dans cet amour maternel, la plus sainte et la plus noble de toutes les affections! Que de trésors de sensibilité, de délicatesse, de dévouement et d'abnégation Dieu a placés dans le cœur des mères! Comme toute leur âme se renferme dans une seule pensée, comme toutes leurs forces se concentrent vers un seul but! Comme elles sont grandes et fortes par le cœur, elles que la nature a créées si faibles et si craintives! Il n'est pas de dangers qu'elles n'affrontent, pas de peines qu'elles ne surmontent, pas de souffrances qu'elles n'acceptent : fatigue, travail, misère, rien ne les rebute, rien ne les arrête.

Pour son enfant, la mère trouve de la joie dans les larmes, du bonheur dans les privations les plus amères. Et quand elle a bien veillé et bien travaillé, si quelquefois son courage cède un instant sous le poids de la fatigue ou de la douleur, elle regarde le berceau qui renferme tout son cœur et toutes ses espérances, et la vue seule de cet enfant qui lui sourit et qui tend ses petits bras vers elle, lui rend toute sa force et toute son énergie.

Enfants! chérissez vos parents; prodiguez-leur, à mesure que vous avancerez dans la vie, la tendresse la plus vive et la plus dévouée; mais souvenez-vous que jamais vous ne pourrez les aimer autant qu'ils vous ont aimés, autant qu'ils vous aiment eux-mêmes. L'expérience vous l'apprendra, et vous le direz un jour comme moi.

Mais revenons à Ginetto.

L'enfant avait senti en grandissant le désir d'être utile à sa mère et de lui donner un jour, par son travail, l'aisance et le repos. En menant paître Graziella, l'idée lui était venue qu'en gardant les chèvres de quelques voisins, il pourrait gagner un petit salaire et adoucir la position de sa mère chérie; mais ce salaire était bien peu de chose, malgré toutes les peines que se donnait le pauvre enfant.

Pendant que ses chèvres broutaient autour de lui et couraient capricieuses et folles de rocher en rocher, Ginetto, pour occuper ses longues heures de loisir, s'amusait à les dessiner sur le sable; mais le vent détruisait son ouvrage, à son grand déplaisir. Doué d'une aptitude extraordinaire, seul et sans autre maître que la nature elle-même, il devint bientôt assez habile pour reproduire tout ce qu'il voyait. Ce fut d'abord un plaisir, une récréation, puis une habitude de chaque jour, enfin une vocation réelle.

Il s'essaya alors à sculpter dans du bois ou dans de la pierre tendre, à l'aide de son couteau. Ses chèvres lui servirent de modèles; il les fit toutes, l'une après l'autre; chacune dans une position différente.

Il ne songeait pas à autre chose qu'à offrir ces petites statuettes à sa mère : heureux de lui prouver que toutes ses pensées étaient pour elle. Depuis longtemps il travaillait à ce long ouvrage; il ne lui restait plus à faire que Graziella, qu'il avait réservée en dernier, comptant donner à cette dernière partie de sa tâche plus de temps et de soin, en raison de l'amitié qu'il avait pour sa gentille chevrette.

Un jour donc, Graziella était couchée à quelques pas de lui, et il travaillait à reproduire la pose gracieuse, la tête fine et intelligente, les membres souples et délicats de son modèle. Il était tout absorbé dans son travail; le bois se dégrossissait et se façonnait sous ses doigts, et l'œuvre avançait rapidement, grâce à l'activité et à l'adresse merveilleuse du petit artiste.

Debout, à quelques pas de Ginetto, un homme richement vêtu le considérait avec attention et suivait avec intérêt les progrès de son ouvrage. Il semblait tout étonné de l'habileté de ce pauvre enfant et prenait plaisir à voir avec quelle ardeur il sculptait sa petite chevrette.

Quand Ginetto eut presque achevé, l'étranger s'approcha de lui.

— Voudriez-vous, mon cher enfant, lui dit-il doucement, me vendre toutes ces petites chèvres en bois que vous avez faites?

Surpris ainsi à l'improviste, Ginetto devint rouge de confusion. Cependant, en voyant l'air de bonté et de bienveillant intérêt répandu sur le visage de l'inconnu, il se remit de son émotion et se hâta de lui répondre :

— Signor, je ne puis croire que vous me fassiez sérieusement cette proposition. Tout cela est sans doute bien mauvais et bien peu digne d'occuper votre attention; cependant je sens en moi quelque chose qui me dit que je parviendrai à mieux faire, et peut-être un jour pourrai-je vous vendre quelques ouvrages sortis de mes mains; mais il vous faudra attendre que je sois devenu plus habile.

— Mais, mon enfant, ma demande est sérieuse. Je trouve ces petits sujets bien faits et fidèlement reproduits, et je vous propose de vous les acheter.

— Oh! signor, je ne puis vous les vendre, ceux-là; je les ai faits pour ma mère :

c'est une surprise que je lui ménage. Elle sera si heureuse de voir l'ouvrage de son cher enfant! Voilà quinze grands jours que j'y travaille; et, ce soir, je serai bien joyeux quand je lui apporterai mon petit présent.

— Comment vous appelez-vous, mon enfant?

— Ginetto, signor.

—Eh bien, Ginetto, vous êtes un bon fils, et j'envie le sort de votre mère. Mais dites-moi, mon ami, qui vous a appris à travailler ainsi?

—Personne, signor. J'ai appris seul et sans maître. Ah! si j'étais comme ces enfants riches qui peuvent tout étudier et tout savoir, je deviendrais plus adroit et je profiterais des leçons qui me seraient données!

— Je le crois aussi, mon enfant, car Dieu vous a doué de grandes dispositions et il serait à souhaiter que vous pussiez les développer par l'étude et le travail. Tenez, Ginetto, voulez-vous venir avec moi? On dit, à Rome et dans toute l'Italie, que je suis un sculpteur habile. Vous serez mon élève et je vous traiterai comme mon enfant.

—Moi, j'abandonnerais ma bonne et tendre mère! Je consentirais à être heureux tandis qu'elle souffrirait et qu'elle travaillerait durement pour suffire à peine à ses premiers besoins! Oh! non, signor, je ne puis accepter. Merci pour votre offre généreuse, mais je dois la refuser.

—Mais, songez donc mon ami, qu'en suivant mes conseils et en travaillant sous ma direction, vous pouvez devenir un grand artiste et échanger votre condition misérable contre une vie heureuse et fortunée.

—J'aime mieux, signor, la pauvreté avec ma mère que le bonheur loin d'elle. Que deviendrait-elle sans moi? Qui partagerait ses fatigues, qui adoucirait ses larmes, qui lui rendrait le pain de chaque jour moins dur et moins amer? Maintenant je gagne peu, il est vrai; mais quand je serai devenu plus grand et plus fort, ce sera à elle de se reposer, à moi de travailler pour la nourrir.

— Mais, mon cher enfant, dans une seule journée, je gagne plus d'argent que vous ne pourrez jamais en amasser dans une année entière par de durs et pénibles travaux. Songez donc que vous pouvez être un jour aussi habile que moi, plus habile même, et rendre votre mère riche et heureuse!

— Oh! que je le voudrais! C'est là le rêve de mes jours et de mes nuits, ma seule et unique pensée. Mais, ni ma mère, ni moi, nous ne pourrions vivre séparés l'un de l'autre. J'aimerais bien à devenir un artiste comme vous ; mais, s'il me faut m'éloigner de ma mère, je préfère n'être toute ma vie qu'un pauvre pâtre.

— Et si je vous proposais de ne pas vous séparer de votre mère ; si je l'emmenais avec vous ?

— Alors, signor, j'accepterais vos bienfaits, et toute ma vie ne suffirait pas à vous aimer et à vous prouver ma reconnaissance. Comme je travaillerais avec ardeur ! comme je suivrais vos conseils ! comme je tâcherais d'apprendre vite pour vous aider dans vos travaux ! Oh ! je le sens bien, voyez-vous, si j'avais autre chose entre les mains que ce bois grossier et ce misérable couteau, j'imiterais la nature, ces arbres, ces fleurs, ces animaux ! Mais tout m'embarrasse et m'arrête ; je ne sais comment m'y prendre : je n'ai pas d'outils, et, si j'en avais, je ne saurais pas m'en servir.

Et le visage de Ginetto s'animait à mesure qu'il parlait, et de grosses larmes coulaient le long de ses joues.

— Console-toi, Ginetto, et écoute-moi. Rentre ce soir chez ta mère ; raconte-lui notre conversation et venez me voir tous les deux demain, à Rome. Vous demanderez la rue de Santa-Maria et le sculpteur Malfioli. Je serai chez moi à vous attendre et nous causerons de nos projets.

Là-dessus, le seigneur Malfioli serra affectueusement la main de l'enfant et partit dans la direction de Rome. A quelque distance, il se retourna encore, et cria à Ginetto : « A demain !

— A demain ! répondit l'enfant. »

Et il tomba à genoux pour remercier Dieu de ce bonheur inespéré.

Ce jour-là, Ginetto reconduisit ses chèvres plus tôt que de coutume, et il courut vers la chaumière de Magdalena si vite, si vite, que Graziella avait peine à le suivre, et qu'il arriva tout essoufflé dans les bras de sa mère.

— Pourquoi courir ainsi, vilain enfant ! Voulez-vous donc vous rendre malade et me faire de la peine ?

Mais comment gronder un enfant qui vous enlace de ses bras, vous appelle des noms les plus doux et vous comble de tendres caresses !

Ginetto fut bien vite pardonné.

— Comme tu viens de bonne heure aujourd'hui, Ginetto ! dit Magdalena. Est-ce une bonne ou une mauvaise nouvelle que tu as à m'apprendre ?

— Oh ! remercions Dieu, ma bonne mère ; car il veut que votre Ginetto puisse vous rendre tout ce que vous avez fait pour lui. Oui, vous serez riche et heureuse, mère, et je travaillerai seul désormais.

Et l'enfant pleurait et riait à la fois ; il embrassait sa mère, disant des mots sans suite, des paroles incohérentes, tant sa joie et son émotion étaient vives.

— Mais calme-toi donc, mon cher enfant, dit Magdalena en l'attirant doucement sur son sein ; raconte-moi le sujet de ta joie, afin de me la faire partager au plus vite.

Ginetto tira d'abord de ses grandes poches les petites chèvres qu'il avait sculptées et les étala sur une table devant sa mère.

Magdalena regarda tous ces charmants petits objets avec étonnement ; mais son admiration devint plus grande encore quand elle sut que c'était l'ouvrage de son Ginetto. En apprenant qu'il avait fait tout cela pour elle, elle l'embrassa plus tendrement et remercia Dieu du fond de son cœur de lui avoir donné un fils aussi bon et aussi reconnaissant.

Ginetto lui raconta la conversation qu'il avait eue avec le seigneur Malfioli et l'invitation que celui-ci lui avait faite de venir le voir le lendemain à Rome.

Magdalena fut bien heureuse d'apprendre que son cher enfant serait autre chose qu'un pauvre gardeur de chèvres, et ils s'endormirent tous les deux en faisant les plus beaux rêves d'avenir.

Le lendemain, dès le matin, ils partirent pour Rome, revêtus de leurs habits de fête. Ginetto conduisait avec lui sa jolie chèvre Graziella, et Magdalena portait sur la tête un panier contenant des fromages et des fruits qu'elle destinait au bienfaiteur de son enfant.

Ils arrivèrent ainsi à Rome, et je vous laisse à penser quel fut l'étonnement de Ginetto en voyant cette grande ville, ces superbes monuments, ces innombrables statues ; à chaque pas il laissait échapper un cri de surprise et d'admiration.

On leur indiqua la rue de Santa-Maria et la demeure de Malfioli. C'était un beau palais dont la façade était ornée de colonnes et de bas-reliefs.

Ils entrèrent, et on les introduisit auprès du sculpteur. Celui-ci les attendait dans son atelier, entouré de ses élèves et de ses amis.

— Bonjour, Ginetto, dit-il à l'enfant, en lui tendant la main.

— Je vous salue, signor, dit Ginetto ; vous m'avez dit de venir avec ma mère : nous voici.

— Eh bien, mon ami, veux-tu toujours rester avec moi et devenir un de mes élèves?

— De grand cœur, maître, si vous ne me séparez pas d'elle.

— Vous le voyez, dit Malfioli, en se tournant vers ceux qui l'entouraient, voilà un bon fils. As-tu apporté, Ginetto, le petit ouvrage auquel tu travaillais hier quand je t'ai rencontré?

Ginetto tira de sa poche la reproduction de Graziella et la remit au sculpteur.

Grande fut la surprise de tous les élèves de Malfioli en voyant ce que le pauvre pâtre était parvenu à faire seul et sans maître. Chacun s'extasiait sur le naturel de la pose de la chèvre, sur la justesse des proportions, sur la grâce de l'ensemble et le fini des détails.

Ginetto attendait tout honteux l'arrêt du maître.

Malfioli vint à lui, l'attira doucement et lui dit :

— Tu resteras désormais avec moi, et tu seras non-seulement mon élève, mais encore mon enfant. Rassure-toi, tu ne quitteras pas ta mère; elle habitera ici et elle vivra auprès de toi.

— Souvenez-vous de ce que je vous dis aujourd'hui, messieurs, ajouta le sculpteur en se tournant de nouveau vers son auditoire, cet enfant sera un jour un artiste et un grand artiste, il nous surpassera tous et nous laissera bien loin derrière lui.

Ginetto a tenu parole : c'est aujourd'hui un des premiers sculpteurs de l'Italie. Il vit heureux entre sa mère et son bienfaiteur. Dieu bénit les enfants aimants et dévoués pour leurs parents, et il les récompense même ici-bas.

LE VIOLONISTE DE CAPRI

A l'extrémité du golfe de Naples, on trouve l'île de Capri, célèbre dans l'histoire ancienne sous le nom de Caprée. Auguste y vint souvent chercher le calme et le repos, et Tibère, d'odieuse mémoire, y passa les dernières années de sa vie.

Semblable à un nid d'aigle posé à la surface des eaux, l'île de Capri ne présente extérieurement que de hautes montagnes et des rochers inaccessibles ; mais si, après avoir heureusement franchi les écueils qui en rendent l'accès difficile et périlleux, vous pénétrez dans l'intérieur de l'île, le spectacle le plus inattendu s'offre à vos regards. Tout ce que l'imagination peut inventer de plus poétique et de plus beau ne saurait donner une idée de la richesse et de la fertilité du pays dans lequel vous vous trouvez soudain. Là, dans ce séjour enchanteur, dans cette délicieuse vallée où la nature a semé d'une main prodigue ses biens les plus doux et ses trésors les plus précieux ; dans cette fraîche oasis où les fleurs semblent naître sous les pas, où mille fruits divers font ployer les branches fécondes d'arbres jeunes et vigoureux, une population peu nombreuse semble cacher son bonheur à l'abri des hautes montagnes qui la dérobent aux regards jaloux.

Une partie des habitants de Capri vit du produit d'une terre généreuse, qui rend à l'homme beaucoup plus qu'elle ne lui demande de soins et de travail ; l'autre se livre à la pêche. Les premiers demeurent dans la vallée ; les autres ont leurs habitations creusées dans le roc, au pied des montagnes que baignent les eaux du golfe de Naples.

C'était jour de fête à Capri. Laboureurs et pêcheurs dansaient gaiement, mêlant leurs costumes gracieux et pittoresques. L'orchestre, composé d'un violon, d'une flûte et

d'un tambourin, était placé sur une estrade adossée à une jolie chaumière et tout encadrée de guirlandes de fleurs et de feuillage.

Je remarquai l'habileté extraordinaire de celui qui jouait du violon. Quoique l'Italie, cette heureuse terre où l'homme, au milieu du doux concert de la nature, semble bégayer en naissant les premiers mots de cette langue divine qui s'appelle *la musique ;* quoique l'Italie, dis-je, m'eût habitué depuis longtemps à rencontrer à chaque pas, même dans les plus humbles villages, des musiciens d'un talent réel, je n'en avais pas encore trouvé sur ma route qui jouassent avec autant de pureté et d'expression que le violoniste de Capri. Les paysans eux-mêmes paraissaient l'écouter avec ravissement, et, souvent, ils interrompaient leurs danses pour mieux l'entendre.

Un homme et une femme d'une cinquantaine d'années environ, couverts de riches habits de fête, étaient assis à quelques pas du jeune musicien. Ils fixaient sur lui des regards où se peignaient la joie et l'amour, et celui-ci, dans les intervalles de chaque danse, venait s'asseoir à leurs côtés et échangeait avec eux les plus tendres caresses. Alors les danseurs se rassemblaient autour d'eux, semblant partager leur bonheur et les féliciter de quelque événement heureux et inattendu.

Arrivé ce jour-là même à Capri, j'avais pris pour guide un vieux pêcheur.

Après avoir visité toutes les curiosités de l'île, les ruines des douze palais de Tibère, et surtout cette grotte merveilleuse, si célèbre parmi les voyageurs, et où la lumière du jour produit les effets les plus variés et les plus étranges, j'étais revenu, conduit par mon guide, sur le théâtre de la fête.

Nous étions assis au pied d'un magnifique laurier, sur un tertre de gazon vert et fleuri d'où nous jouissions, dans ses moindres détails, du spectacle de cette fête joyeuse et animée.

Je demandai à mon guide quel était le sujet de l'allégresse des habitants de Capri, et pourquoi ils paraissaient entourer ce jeune musicien de tant de marques d'estime et d'affection.

— C'est toute une histoire, me dit-il, une histoire longue et touchante.

Je lui demandai instamment de me la raconter, et il accéda de bonne grâce à ma prière.

Voici cette histoire, mon cher Gaston et ma chère Marie. Je l'ai écrite pour vous, le soir même, sous l'impression du récit du vieux pêcheur.

C'est lui qui parle.

Il y a de cela vingt-cinq ans, me dit-il, le jeune musicien que vous voyez là-bas était un tout petit enfant, marchant à peine et ne bégayant encore que le nom de sa mère.

Son père se nommait Juanito et sa mère Angiolina.

C'était un heureux ménage que celui d'Angiolina et de Juanito. Jeunesse, santé, travail, ils avaient tout ce qui peut assurer le bonheur de l'homme sage. La naissance d'un fils avait mis le comble à leur félicité.

Rien n'était gracieux et beau comme le petit Antonio, avec ses cheveux bouclés, ses grands yeux bleus, sa bouche rose, son frais sourire. Comme elle en était fière la belle Angiolina! comme ils l'aimaient tous deux!

Quand Juanito partait avec ses filets, dès l'aube du jour, il donnait un long et tendre regard à son enfant endormi, et, plein de courage et d'espoir, il quittait le rivage où il laissait tout son bonheur et toutes ses affections.

Le soir, Juanito revenait joyeux, apportant à son Angiolina le produit de sa pêche, et il oubliait bien vite, entre sa femme et le berceau de son enfant, les peines et les fatigues de la journée.

Assis au bord de la mer, sur la plate-forme qui avait été ménagée dans le rocher devant leur demeure, ne voyant que le ciel et l'onde qui se confondaient à l'horizon, n'entendant que le murmure des vagues et le chant lointain des pêcheurs, ils s'isolaient du reste du monde.

Juanito raccommodait ses filets; mais souvent il interrompait son ouvrage pour joindre ses caresses à celles qu'Angiolina prodiguait au petit Antonio. Celui-ci jouait dans son berceau, les appelait tour à tour, tendant ses bras tantôt vers l'un et tantôt vers l'autre et poussant mille petits cris joyeux.

Souvent Angiolina prenait sa mandore et, pour aider le sommeil à descendre sur le front et sur les paupières du petit ange, elle lui chantait quelque longue ballade ou quelque doux refrain.

C'était le plus souvent une chanson berceuse que vous entendrez souvent le soir dans le pays de Naples et dont je vais vous dire les paroles.

Dormez, mon ange aux yeux si doux;
Dormez! je veillerai pour vous.

Chacun sourit à votre enfance;
Le bonheur éclôt sous vos pas;

Et, dans vos rêves d'innocence,
Les anges vous tendent les bras.

Dormez, mon ange aux yeux si doux;
Dormez! je veillerai pour vous!

Un jour vous connaîtrez la terre,
Et ses tourments et ses douleurs.
Souvent le sein de votre mère,
Mon fils, abritera vos pleurs!

Dormez, mon ange aux yeux si doux;
Dormez! je veillerai pour vous.

Mais voici que votre paupière
Semble enfin céder au sommeil.
Dormez! l'amour de votre mère,
Enfant, vous attend au réveil.

Dormez, mon ange aux yeux si doux;
Dormez! je veillerai pour vous.

Ainsi chantait la jeune mère, épiant le sommeil sur le front de son enfant, tandis que Juanito balançait doucement le berceau d'un mouvement lent et égal.

Pauvre Angiolina! pauvre Juanito! ils ne prévoyaient pas l'événement affreux qui allait détruire toutes leurs espérances et tous leurs rêves de bonheur.

Un jour, Juanito rentra dans sa demeure avant l'heure accoutumée. Lui, d'ordinaire si joyeux, il était triste et pensif.

— Qu'as-tu, Juanito, lui dit Angiolina; la pêche n'aurait-elle pas été heureuse aujourd'hui?

— Il s'agit de bien autre chose, mon Angiolina; je viens de recevoir une lettre de Naples : ma mère est bien malade, et elle voudrait nous embrasser avant de mourir.

— Eh bien! mon ami, nous partirons demain dès l'aube du jour.

— Emmènerons-nous Antonio?

— Sans doute, mon ami; il faut qu'il ait sa part des embrassements et des bénédictions de ta vieille mère : cela lui portera bonheur.

Le lendemain, au lever de l'aurore, ils montèrent dans la barque de Juanito. La mer était calme, un vent favorable enflait la voile et, après trois heures de traversée, ils entrèrent dans le port de Naples. Ils se hâtèrent de se rendre auprès de leur mère, qui demeurait dans un faubourg éloigné, à l'extrémité de la ville.

La lettre ne disait que trop vrai : la mère de Juanito était à ses derniers moments. Elle semblait n'attendre plus que ses enfants pour s'endormir dans le repos du Seigneur; après les avoir bénis, elle s'éteignit doucement entre leurs bras.

Ils restèrent plusieurs jours à Naples, retenus par de tristes devoirs et par quelques affaires.

Un soir, toute la ville était en fête; les maisons et les édifices publics étaient brillamment illuminés, les places et les rues les plus larges étaient garnies de boutiques de toutes sortes et, de distance en distance, de joyeux orchestres réunissaient une foule nombreuse de jeunes garçons et de jeunes filles dont les couples se mêlaient gracieusement dans des danses vives et animées.

Un peu de curiosité, et surtout le désir de distraire Juanito de son chagrin poussèrent Angiolina à demander à son mari de faire une promenade dans la ville pour voir la fête. Juanito y consentit, et ils partirent avec Antonio, tantôt le portant dans leurs bras, tantôt le menant tous deux par la main.

A chaque pas c'était un spectacle nouveau. L'enfant ne pouvait se lasser d'examiner tout ce qui frappait ses regards ; il voulait tout voir, tout entendre ; il agitait ses petits bras et poussait mille exclamations joyeuses.

Tout à coup, dans un moment où Antonio courait à quelques pas de Juanito et d'Angiolina, une terreur panique s'empare de la foule. L'attelage d'un carrosse vient de s'emporter; les chevaux arrivent rapides, renversant tout ce qui se trouve sur leur passage. La foule effrayée fuit dans toutes les directions. On se presse, on se heurte ; chacun, oubliant tout autre instinct, ne songe qu'à sa propre sûreté.

Angiolina crie à Juanito de se saisir de l'enfant; mais il est trop tard, Antonio a disparu. Eux-mêmes sont séparés et cherchent en vain à se rejoindre.

La mère revient en toute hâte à la maison dans l'espoir d'y retrouver Juanito avec l'enfant; le père y rentre également quelques instants après, dans la même pensée.

Quel n'est pas leur désespoir à tous deux !

— Antonio ! Tu ne ramènes pas Antonio, dit Angiolina ?

Juanito ne répond pas ; mais il reprend sa course à travers la ville.

— Mon Dieu ! mon Dieu ! dit la mère, prenez pitié de moi ! rendez-moi mon enfant.

Et elle tombe privée de sentiment.

Juanito parcourt toutes les rues par lesquelles il a passé avec sa femme et son enfant. Il appelle Antonio, et rien ne répond à sa voix. Il le demande à tous ceux qui passent, aux marchands, aux faiseurs de tours, à tout le monde enfin : personne ne l'a vu. Et la foule se presse indifférente, et les accents de sa joie ajoutent encore à la douleur du pauvre père!

Toute la nuit se passa en vaines et pénibles recherches. Au lever du soleil, Juanito se retrouva devant sa porte; il entra et vit Angiolina étendue à terre et sans mouvement. Ses soins parvinrent à la ramener à la vie.

Quand la jeune mère ouvrit les yeux, quand la mémoire lui revint, elle chercha son fils et, ne le voyant pas auprès d'elle :

— Antonio! où est Antonio, s'écria-t-elle?

Juanito ne lui répondit que par ses sanglots et par ses larmes.

Angiolina ne pleura pas. Un tremblement nerveux parcourut son corps; ses mains se crispèrent, ses yeux devinrent fixes et hagards, ses traits prirent une expression étrange, et sa voix éclata dans un rire sauvage et strident.

Elle était folle!.....

Juanito resta encore quelques jours à Naples; mais tous ses efforts, toutes ses démarches pour retrouver Antonio demeurèrent inutiles. Alors il reprit avec la pauvre folle le chemin de Capri.

Infortuné père! comme il dut souffrir en rentrant daus cette cabaue qui avait vu tant de bonheur et d'espérance et qui allait abriter maintenant tant de souffrances et tant de larmes amères!

A partir de ce jour, puisant du courage dans l'excès même de sa douleur, Juanito entoura la folle des soins les plus tendres et les plus dévoués; il reprit ses occupations, faisant deux parts de son temps, une pour le travail, désormais sa seule distraction, l'autre pour son infortunée compagne.

Angiolina ne quittait pas le berceau de son enfant; elle lui parlait, elle l'embrassait, comme s'il était là pour l'entendre et pour répondre à ses caresses. Souvent elle prenait sa mandore et chantait en agitant doucement le berceau avec son pied, comme pour endormir son Antonio.

C'était toujours le même refrain. A toute heure du jour et de la nuit, les échos des montagnes répétaient les accents de la folle, dont la voix disait, comme autrefois :

Dormez, mon ange aux yeux si doux;
Dormez! je veillerai pour vous.

Qu'était devenu le petit Antonio?

Errant, perdu au milieu de la foule, il avait longtemps appelé sa mère, et puis, vaincu par la fatigue et le sommeil, il s'était endormi. Un pauvre musicien ambulant, qui revenait de la fête, l'avait trouvé étendu sur le sol; il l'avait recueilli et emmené dans sa demeure, se promettant bien de faire tout ce qui dépendrait de lui pour le rendre à ses parents désolés.

Le lendemain matin, dès que l'enfant fut éveillé, il chercha sa mère et, se voyant entouré de visages inconnus, il se prit à pleurer.

Le musicien et sa femme essayèrent de le consoler et ils y réussirent, grâce à leurs tendres caresses et aux distractions de toutes sortes dont ils l'entourèrent. Mais ce fut en vain qu'ils cherchèrent à tirer des réponses de l'enfant quelques renseignements qui pussent les mettre sur la trace de sa famille; tout ce qu'Antonio put dire, ce fut son nom, qu'il avait entendu si souvent répéter à sa mère. Ils finirent aussi par comprendre que ses parents n'étaient pas de Naples; qu'ils y étaient venus accidentellement et que, sans doute, ils s'étaient trouvés dans la foule séparés de leur enfant.

Toutes les démarches de ces pauvres gens furent inutiles. Ils résolurent donc de garder Antonio et de l'élever comme leur fils. Ils en prirent un soin extrême, et celui-ci s'attacha à eux peu à peu, oublia ses chagrins et ne garda plus qu'un souvenir vague et confus de sa mère et de sa première enfance. Il grandit au sein de sa nouvelle famille, partageant sa vie nomade et aventureuse.

Antonio montra de bonne heure des dispositions extraordinaires pour la musique. Son père adoptif lui apprit à jouer du violon, et l'enfant fit des progrès tellement rapides, qu'à l'âge de douze ans on le citait déjà comme un petit prodige.

Il en résulta pour les pauvres musiciens un accroissement notable de bien-être. A la gêne et à une vie de privations et de travail succédèrent pour eux le repos et l'aisance; et ils bénirent Dieu qui les récompensait ainsi de leur bonne action.

Mais le talent du jeune violoniste se développait de plus en plus. Bientôt il devint célèbre dans toute l'Italie. A l'âge de vingt ans, c'était déjà un grand artiste dont toutes les villes se disputaient la présence.

Plein de reconnaissance pour ses parents adoptifs, Antonio ne les quitta jamais.

Ils étaient devenus bien vieux, et ils s'éteignirent doucement entre ses bras en le bénissant pour le bonheur dont il avait entouré leur vieillesse.

Le chagrin s'empara d'Antonio quand il se vit seul au monde. Ni son art ni ses succès ne purent l'arracher à sa tristesse, et sa santé s'altéra peu à peu.

Il se trouvait à Naples depuis quelque temps, lorsqu'un jour un de ses amis lui proposa, pour le distraire, d'aller visiter l'île de Capri.

Au moment où ils cherchaient une barque sur le port, ils rencontrèrent justement un pêcheur de Capri qui, après avoir vendu sa pêche, se disposait à s'en retourner. Ce pêcheur, qui n'était autre que Juanito lui-même, se chargea volontiers de les emmener.

Ils partirent donc. Antonio sentait dans son âme quelque chose d'extraordinaire; le son de la voix de ce pêcheur, l'air de son visage, éveillaient en lui de vagues et lointaines images; il se sentait attiré vers lui par un sentiment irrésistible.

Juanito avait vieilli avant l'âge; ses cheveux étaient blancs et des rides prématurées sillonnaient son front. Il avait tant souffert! Il avait tant pleuré!

En voyant la tristesse du vieux pêcheur, Antonio sentit s'accroître le tendre intérêt qui le portait déjà vers lui. Il vint s'asseoir à ses côtés, et, après quelques instants d'une causerie familière, qui rendait la question moins indiscrète, il lui demanda la cause du profond chagrin dans lequel il paraissait plongé.

Juanito lui raconta alors l'histoire de ses malheurs, la disparition de son enfant et l'affreux événement qui en avait été la suite.

A mesure qu'il avançait dans son récit, Antonio, rassemblant tous ses souvenirs, rapprochait de la narration du pêcheur ce qu'il avait recueilli de ses parents adoptifs. Bientôt il ne peut plus douter : c'est lui l'enfant égaré; Juanito est son père!.... Des larmes inondent ses joues et, la voix brisée par les sanglots, il s'écrie en se précipitant dans les bras du pêcheur :

—Mon père! Mon père! Je suis Antonio, le fils que vous pleurez.

Quelle n'est pas la joie de Juanito en retrouvant dans ce beau jeune homme, qui l'entoure de ses bras et qui lui prodigue les noms les plus doux et les plus tendres caresses, l'enfant bien-aimé qu'il ne croyait jamais revoir.

—Ma mère! Où est ma mère?... demande Antonio.

La barque approchait de Capri et Juanito, pressant la main de son fils, lui fait signe d'écouter.

La brise apportait les accents de la pauvre Angiolina. Dieu avait pris pitié de cette mère infortunée, il avait fermé son intelligence à la réalité pour ne lui laisser qu'une douce illusion, et Angiolina répétait toujours auprès du berceau de son fils:

Dormez, mon ange aux yeux si doux;
Dormez! je veillerai pour vous.

Mais une idée subite, une de ces pensées qui viennent du ciel, se révèle soudain à Antonio.

— Mon père, dit-il à Juanito, en descendant à terre, prions Dieu qu'il bénisse mes efforts; car je vais essayer de sauver ma mère et de lui rendre la raison.

Ils approchent, ils gravissent le sentier qui mène à la demeure de Juanito.

Soudain Antonio prend son violon et achève le refrain commencé par sa mère. Tout le feu de son âme est passé dans ses doigts.

Au son de cette harmonie inconnue, Angiolina s'arrête, elle hésite, elle se trouble; il lui semble entendre la voix de son enfant qui lui répond et l'appelle. Pour la première fois, elle quitte le berceau de son fils et, comme doucement attirée par cette voix céleste, elle sort de sa demeure et semble chercher d'où elle vient.

Mais la voix approche plus douce, plus suave et plus tendre. Une vive émotion s'empare d'Angiolina; des larmes, d'heureuses larmes emplissent ses yeux, et elle retrouve enfin la raison entre les bras de son enfant.

Voilà, monsieur, me dit mon guide, l'histoire du jeune musicien que vous voyez là-bas. Ce sont ses parents qui sont auprès de lui; vous comprenez maintenant pourquoi ils sont tous les trois l'objet de tant d'égards et de tant de sympathie. C'est aujourd'hui le troisième anniversaire de leur heureuse réunion. Tous les ans, à pareille époque, ils quittent Naples, où ils sont établis maintenant, et viennent célébrer au milieu de nous, dans une fête joyeuse, le jour qui a mis fin à leurs larmes et les a rendus au bonheur.

MICHALIS

La Grèce, mon cher Gaston et ma gentille Marie, a été le berceau des lettres et des arts. C'est un pays fertile et beau, dont le climat a beaucoup d'analogie avec celui de l'Italie. Il est borné au nord par la Turquie, à l'est par l'Archipel, au sud par la Méditerranée et à l'ouest par la mer Ionienne.

Notre bonne mère vous a déjà fait lire l'histoire de la Grèce ancienne, et, sans doute, vous avez admiré cette grande nation, qui a produit tant d'hommes illustres, dont les œuvres, après avoir traversé les siècles, sont encore aujourd'hui nos modèles.

Vous apprendrez plus tard ce que devint la Grèce au moyen âge, pendant ces luttes incessantes où, tour à tour perdue et reconquise par les empereurs d'Orient, elle finit par tomber sous la domination musulmane. Longtemps la nation grecque gémit dans l'asservissement le plus cruel, longtemps elle courba le front sous un joug barbare. Mais un jour, l'instinct de l'indépendance, l'amour de la liberté se réveillèrent en elle; son passé glorieux lui revint en mémoire, et on vit surgir des héros qui rappelèrent les journées des Thermopyles et de Marathon. La lutte fut longue et terrible : d'un côté, la force et le nombre; de l'autre, le courage et le patriotisme. Enfin, au moment où la cause de cette nation infortunée semblait à jamais perdue, l'Europe s'émut de ses malheurs, et bientôt une ligue des principales puissances, à la tête desquelles la France se plaça tout d'abord, arracha la Grèce au pouvoir des Turcs et lui rendit son indépendance.

Dans cette longue lutte des Grecs contre la Turquie, chacun se fit soldat; depuis l'adolescent jusqu'au vieillard déjà courbé par les années, tout le monde courut aux armes.

Entre le mont Parnasse et le Knémis, s'étend une vaste plaine, célèbre dans l'histoire par une bataille qui ravit la liberté à la Grèce ancienne. Cette belle terre, ces gras pâturages émaillés d'anémones et de lis bleus, cette vallée fertile qui se déroule sinueuse entre des montagnes couvertes d'oliviers, c'est Chéronée, Chéronée où, il y a deux mille ans, les phalanges envahissantes de Philippe de Macédoine anéantirent les derniers défenseurs de l'indépendance grecque.

Dans cette plaine de Chéronée, vivait, au temps de la guerre contre les Turcs, un pasteur nommé Agathocle. Ses nombreux troupeaux lui auraient donné une honnête aisance, sans les exactions des gouverneurs de province et des pachas, qui enlevaient à ce pauvre peuple la plus grande partie du fruit de son travail et de ses peines.

Agathocle avait su néanmoins trouver le bonheur, grâce à sa douce compagne Eucharis et aux deux enfants qu'elle lui avait donnés, Michalis et Rodia.

Michalis et Rodia étaient deux jumeaux. Rien n'égalait leur grâce et leur beauté, si ce n'était leur aimable naturel et la bonté de leur cœur. Et chacun, en voyant ces charmants enfants courir au milieu des fleurs en se tenant par la main ou dormir enlacés dans les bras l'un de l'autre, enviait le bonheur d'Agathocle et d'Eucharis.

Heureux père! disait-on, heureuse mère!

Mais, un jour, le cri de guerre retentit dans la vallée; on apprit que les habitants des campagnes environnantes avaient pris les armes et chassé leurs oppresseurs. Les pasteurs de Chéronée se réunirent aux laboureurs d'Orchomène et aux habitants de Livadia. Agathocle fut un des premiers à se rendre à l'appel; ni les prières de sa femme ni les caresses de ses enfants ne purent le retenir : il partit.

Au-dessus du torrent de l'Hercyne, et de l'antre de Trophonius, si célèbre dans les temps anciens, s'élevait sur le flanc de la montagne, avant les ravages de la guerre, une charmante petite ville dominée par un château fort. Dans ce château, dont on retrouve le nom dans l'histoire du moyen âge, était une garnison turque assez nombreuse chargée de veiller sur la Roumélie et de la contenir. Ce fut contre ce château de Livadia que la petite armée dans laquelle combattait Agathocle dirigea ses efforts. Ne pouvant espérer de s'en rendre maîtres par la force, ils eurent recours à la ruse; la garnison fut surprise et le château pris d'assaut.

Les Grecs avaient d'abord épargné leurs prisonniers; mais, à l'approche d'une armée turque, qui venait au secours de la forteresse de Livadia, ils les égorgèrent.

Agathocle s'était personnellement emparé d'un des chefs; il ne put se résoudre à lui voir partager le sort de ses compagnons et il préféra l'engager à fuir et même lui en fournir les moyens.

Cependant l'armée turque approchait; elle était nombreuse; bientôt elle fut sous les murs de Livadia. L'issue de la lutte n'était pas douteuse; cependant les Grecs se défendirent avec le courage et l'énergie du désespoir. Mais toute résistance était vaine; il fallut céder au nombre.

Les Turcs reprirent possession de Livadia et du château fort. Ils exercèrent les plus terribles représailles : la ville fut brûlée, toutes les maisons pillées et saccagées; tous les habitants furent impitoyablement massacrés, et parmi, les défenseurs de Livadia, c'est à peine s'il s'en échappa quelques-uns pour aller redire aux populations effrayées les horreurs de ce désastre.

Cependant Agathocle avait été fait prisonnier dès le commencement de l'action. Déjà il s'apprêtait à être conduit au supplice; déjà il avait dit adieu dans son cœur à toutes les joies de la famille, à cette tendre épouse, à ces jeunes enfants qu'il allait laisser sans appui au milieu de cette guerre terrible, lorsque le chef auquel il avait sauvé la vie l'arracha à son tour à la mort. Sans doute Agathocle aurait été rendu par ses soins à ceux dont il s'était cru séparé pour toujours; mais son protecteur fut tué pendant le combat.

Agathocle demeura donc prisonnier et ne tarda pas à être emmené à Constantinople, où il fut vendu comme esclave.

Mais pendant qu'Agathocle s'en allait captif sur la rive étrangère, que devenaient Eucharis et ses enfants?

Eucharis ne tarda pas à apprendre la nouvelle du massacre de la garnison de Livadia, et elle dut penser que son époux avait partagé le sort de ses malheureux compagnons. Elle passa plusieurs jours dans la désolation et dans les larmes, et les caresses de Rodia et de Michalis purent seules apporter quelque adoucissement à ses chagrins.

Rodia était une belle et douce enfant, chérissant sa mère et l'aidant déjà de toutes ses forces dans les soins du ménage. Michalis était un grand et fort garçon plein de vivacité et d'intelligence. Tous les deux avaient douze ans. A l'âge de Michalis et de Rodia, on comprend ce que c'est que la perte d'un père; aussi les deux pauvres enfants partageaient-ils bien vivement la profonde affliction de leur mère. Cependant leur mère. Cependant Michalis montrait déjà le courage et la force d'âme d'un homme; c'était lui qui relevait le courage abattu d'Eucharis.

— Mère, lui disait-il, serez-vous toujours inconsolable? Hélas! nos pleurs et nos gémissements ne nous rendront pas notre père! Mère, songez à nous, songez à vos enfants; vivez pour les aimer : le chagrin vous tuerait! Que deviendrions-nous alors?

— Pauvres chers enfants, répondait Eucharis ; oui, je veux vivre pour vous ; mais, hélas! maintenant qui pourvoira aux besoins de la famille, qui assurera notre existence à tous? Celui qui était notre soutien et notre guide, celui dont le travail nous donnait l'aisance et la prospérité n'est plus là pour veiller sur nous!

— Mère, dit Michalis, je suis un homme maintenant; je remplacerai mon père auprès de vous; je travaillerai pour vous nourrir. Voyez, je suis robuste, je ne manque ni de force ni de courage; Dieu bénira mes efforts et j'éloignerai de vous les soucis et la misère.

Et la mère, heureuse et fière des bons sentiments de son enfant, le pressait tendrement sur son sein et reprenait courage à ses douces paroles.

Mais les peines qui étaient réservées à cette malheureuse famille n'étaient pas encore épuisées. L'insurrection de la Grèce devint générale, et il leur fallut fuir devant les troupes turques, qui dévastaient tout sur leur passage, massacrant les vieillards et emmenant prisonniers les femmes et les enfants qui, surpris à l'improviste, n'avaient pu se dérober par la fuite à la vengeance de leurs oppresseurs. Eucharis se réfugia avec ses deux enfants dans les montagnes. Là, du moins, au milieu de rochers inaccessibles, réunis à quelques compagnons d'infortune, ils pouvaient se croire à l'abri de tout danger.

Mais leur tranquillité fut de bien courte durée. Un jour que Michalis s'était aventuré dans la plaine pour essayer de ramener quelques chèvres égarées, il fut surpris par des cavaliers ennemis et fait prisonnier.

Un riche marchand de Smyrne l'acheta et l'emmena avec lui.

Nous laisserons Eucharis et Rodia en proie à ce nouveau chagrin, pour suivre Michalis.

Son maître s'appelait Ali ; c'était un homme bon et humain. Prévenu par la physionomie douce et intéressante de Michalis, il respecta sa tristesse et, au lieu de le traiter avec rigueur, comme le faisaient généralement tous les autres maîtres à l'égard de leurs esclaves, il se montra rempli de bienveillance pour lui. Le jeune esclave, de son côté, répondit à ces bons procédés en employant toute sa bonne volonté et toute son intelligence pour contenter son nouveau maître. Celui-ci ne tarda pas à le prendre en affection ; il l'emmena avec lui dans ses voyages, l'initia aux détails de son négoce et finit par lui accorder toute sa confiance.

Un jour que Michalis et son maître se trouvaient à Constantinople, le jeune homme aperçut, en passant dans une des rues de la ville, un pauvre esclave qui, chargé d'un fardeau énorme, s'avançait péniblement, semblant plier sous le faix. Les traits de cet homme, sa démarche, tout lui rappelle son père. Michalis fait part de ses impressions à son maître, et tous deux se mettent à suivre l'esclave. Celui-ci entre dans la demeure d'un marchand d'étoffes, et comme Ali avait justement quelques affaires à traiter dans cette maison, il y pénètre à sa suite.

Michalis s'approche de l'esclave. Plus de doute, c'est lui, c'est son père ! il se précipite dans ses bras, en disant :

— Mon père, mon père, ne me reconnaissez-vous pas ? je suis Michalis, je suis votre enfant !

— Oh ! merci, mon Dieu, dit Agathocle ; voici, depuis trois ans, le premier rayon de bonheur qui a traversé ma vie, vouée tout entière aux souffrances et au chagrin !

Et il presse son enfant sur son cœur, et ils restent tous les deux longtemps embrassés, muets et mêlant leurs larmes.

— Mais, ta mère, ta sœur, dit Agathocle, au bout de quelques instants, que sont-elles devenues, au milieu de cette guerre cruelle ? Toi-même, comment te trouves-tu dans cette ville ?

— Mon père, quelques hommes échappés au massacre de Livadia nous ont dit que vous y aviez trouvé la mort ; nous les avons crus et nous vous avons pleuré comme si nous ne devions jamais vous revoir. Puis, la guerre approchant de nous chaque jour, nous nous sommes réfugiés dans les gorges du Knémis. C'est en cherchant à pourvoir à la subsistance de ma mère et de ma sœur, que j'ai été pris comme vous et vendu comme esclave. Mais si vous saviez, mon père, comme mon maître est bon pour moi ! je pourrais me croire plutôt son enfant que son serviteur, tant il me traite avec douceur et bienveillance. Et vous, mon père, hélas ! ne seriez-vous pas tombé au pouvoir d'un maître dur et impitoyable ?

— Oui, mon pauvre enfant, je gémis dans le plus dur esclavage ; mais les souvenirs qui remplissent mon âme et les peines cruelles qui la déchirent m'ont rendu depuis longtemps insensible à la fatigue, aux privations et aux mauvais traitements. Je souffre d'être loin de ta mère, loin de ta sœur et de toi, de penser que je ne les reverrai jamais, et qu'il faut vous dire à tous un éternel adieu. Que m'importe le reste, puisque je n'ai plus d'espérance!

Mais Ali s'était approché d'Agathocle.

— Espérez, au contraire, lui dit-il; vous reverrez votre femme et votre enfant, et bientôt vous serez tous réunis.

Laissant le père et le fils dans l'étonnement et la surprise, Ali s'en alla trouver le maître d'Agathocle; il lui proposa de lui racheter son esclave, et, comme il lui en offrait un bon prix, et que, d'ailleurs, il faisait chaque année des affaires considérables avec cet homme dur et avare, celui-ci consentit à s'en dessaisir et à le lui céder.

Ali revint vers Michalis et son père et annonça à ce dernier qu'il n'avait plus d'autre maître que lui. Il les emmena donc tous les deux, et, après avoir séjourné un mois encore à Constantinople pour ses affaires, il reprit avec eux le chemin de Smyrne.

Sur le point d'entrer dans cette ville, Ali dit à Michalis de les précéder et le chargea de donner des ordres afin que tout fût prêt pour le recevoir.

Michalis fit sentir les éperons à son coursier et partit au galop. Quelques instants après il s'arrêtait devant la demeure d'Ali.

Il avait remis son cheval aux mains d'un esclave et il se disposait à entrer dans la maison, quand il aperçut auprès de la porte une jeune fille qui travaillait assise. A quelques pas d'elle se tenait une femme plus âgée, portant une amphore sur l'épaule, à la manière des femmes grecques.

Michalis s'approche, et quelle n'est pas sa surprise en reconnaissant sa sœur et sa mère?

Rodia et Eucharis le regardent avec attention; bientôt elles poussent un cri de joie :

— Michalis!... s'écrient-elles.

— Mais c'est toi, ma sœur chérie! c'est vous, ma mère bien-aimée!...

Eucharis presse ses deux enfants sur son sein. Mais un triste souvenir vient troubler sa joie, et des larmes s'échappent de ses yeux.

Michalis devine sa pensée.

— Oh! ma mère, lui dit-il, préparez-vous à une grande joie; la main d'un homme généreux va sécher nos pleurs. Mon père n'est pas mort; il vient et, dans quelques instants, il sera près de vous !

Eucharis est prête à succomber à l'excès de sa joie et de son bonheur. Elle court avec ses deux enfants au-devant d'Agathocle; ils l'aperçoivent bientôt, et, hâtant leur marche, ils ne tardent pas à être réunis dans ses bras.

Or, voici ce qu'avait fait Ali : pendant son séjour à Constantinople, il avait envoyé en Grèce un homme de confiance, et l'avait chargé de rechercher Eucharis et Rodia et de les amener à Smyrne, dans sa maison. Celui-ci avait été assez heureux pour retrouver les deux femmes et pour les décider à le suivre.

Mais Agathocle, Eucharis et leurs deux enfants entourent Ali ; ils s'emparent de ses mains qu'ils pressent de leurs lèvres, et ils lui témoignent leur reconnaissance de la manière la plus vive et la plus touchante.

— Mes amis, leur dit Ali, vos peines sont finies : désormais vous ne vous quitterez plus et vous vivrez heureux. Je n'ai pas de famille, vous m'en servirez; Michalis sera mon fils ; il m'aidera dans mon commerce jusqu'à ce que l'heure du repos ait sonné pour moi et que je lui laisse le soin de s'en occuper seul. Vous, vous veillerez aux intérêts de ma maison, ou plutôt à vos intérêts, car ma fortune sera désormais la vôtre, et vous en jouirez comme moi.

J'ai vu Michalis à Smyrne, mon cher Gaston et ma chère Marie ; je l'ai vu entourant ses vieux parents et son père adoptif de l'amour le plus respectueux et des soins les plus tendres.

Ali a trouvé la récompense de sa bonne action : il est doublement heureux, car il jouit de son propre bonheur et de celui de cette famille reconnaissante et dévouée.

LA LÉGENDE DU PETIT POISSON

(RUSSIE.)

La Russie s'étend en Europe, en Asie et en Amérique; c'est le plus vaste état du globe. Mais sa population est loin de répondre à la grandeur de son territoire, et c'est à peine si elle est double de celle de la France.

La Russie d'Europe présente des différences d'aspect et de climat très-marquées. Au nord et jusqu'au Volga, le voyageur rencontre d'immenses forêts, de vastes plaines incultes auxquelles on donne le nom de *steppes*, peu de villes et de rares villages; mais à mesure que l'on avance vers le sud, le climat devient tempéré; on trouve alors des pays plus peuplés, un sol fertile, une végétation variée et abondante, des mœurs plus douces et plus faciles.

Je n'ai guère visité, mon cher Gaston et ma chère Marie, que les provinces méridionales de la Russie; j'y ai vu de magnifiques contrées et des populations heureuses qui, tout en enrichissant leurs seigneurs, vivaient elles-mêmes au sein de l'abondance.

Un jour, j'étais allé faire une excursion assez longue à quelques lieues d'Odessa. Je n'avais pas pris de guide, devant peu m'écarter de la route. J'avais mis pied à terre et, la bride de mon cheval passé autour du bras, je m'en allais cherchant quelques plantes destinées à compléter mon herbier. Mon pauvre cheval paraissait me savoir gré de mon goût pour la botanique, et il en profitait pour tondre l'herbe fleurie tout à son aise. Mais voilà que tout en amassant mon butin, je perdis mon chemin et me trouvai fort embarrassé. Le jour était déjà très-avancé; je n'apercevais autour de moi aucune habitation et je ne voyais d'autre refuge pour la nuit que l'abri des arbres d'une grande forêt auprès de laquelle j'étais arrivé.

Je pris bravement mon parti et je m'enfonçai dans la forêt pour chercher un gîte convenable et commode. Ce qui me rendait plus philosophe, c'était que j'avais pris soin de me munir de quelques provisions : un bon pain blanc, un poulet tout rôti et encore intact et une bouteille d'un vin vieux et généreux se tenaient compagnie dans mon portemanteau en attendant mon bon plaisir.

Tout en marchant au hasard dans un sentier à peine tracé entre les grands arbres, j'arrivai, à la tombée de la nuit, près d'un vaste carrefour dans lequel se trouvait un hameau formé de huit ou dix maisons.

Pour le coup, je bénis mon étoile et je m'approchai de celle de ces habitations qui était la plus voisine de moi. C'était une cabane construite en bois, assez grande et élégamment bâtie.

En m'avançant un peu, j'aperçus un délicieux tableau, bien fait pour dédommager un artiste de toutes ses fatigues et de tous ses ennuis.

Auprès de la cabane était assis un homme d'un âge mûr; son manteau pendant encore sur ses épaules, son chapeau posé près de lui, sa cognée gisant à quelques pas, tout annonçait qu'il venait de terminer sa laborieuse journée. Il soutenait de ses larges mains un tout petit enfant qui, debout sur son genou, essayait de prendre un fruit qu'une jeune femme, belle comme une madone de Raphaël, lui tendait et lui retirait tour à tour, en riant de ses désirs et de son impatience.

Rien n'était beau et gracieux comme ce jeune enfant, avec ses grands yeux noirs élevés vers sa mère, avec ses cheveux tout bouclés autour de sa petite figure fraîche et rose. Une large blouse noire, serrée par une petite ceinture de cuir, laissait à découvert son cou plus blanc que la neige et ses petites jambes frémissantes d'impatience et ses petites mains, dont l'une s'appuyait sur le bras de son père, tandis que l'autre, suivant tous les mouvements de la jeune mère, cherchait à s'emparer de la belle figue tant désirée.

Enfin, soit que la mère eût cédé à de grosses larmes qui se montraient déjà sur le bord des paupières de l'enfant, soit que celui-ci se fût rendu maître de sa proie par adresse et par droit de conquête, la figue passa entre ses mains et il se mit en devoir d'y porter une dent avide.

Le père et la mère étaient tellement occupés de leur enfant qu'ils ne m'avaient ni vu, ni entendu m'approcher; et cependant, depuis quelques instants, j'étais là à quelques pas d'eux, épiant dans ses moindres détails ce ravissant badinage et me gardant bien de l'interrompre. Enfin ils m'aperçurent, et, toute surprise et tout interdite à la vue d'un étranger, la jeune femme s'enfuit dans sa demeure, emportant son enfant dans ses bras. L'homme, au contraire, vint à moi avec un bon visage et un air franc et amical.

— Vous êtes étranger, monsieur, me dit-il, et vous vous êtes sans doute égaré dans cette forêt.

—Oui, j'ai perdu la route que je devais suivre pour retourner à Odessa, et vous le savez, dans l'obscurité de la nuit, il est plus prudent de gagner quelque abri et d'attendre jusqu'au lendemain, que de risquer à s'égarer davantage en cherchant à retrouver son chemin. Je me disposais donc à passer la nuit sous un arbre, quand j'ai aperçu votre demeure; je vous ai vu avec votre épouse et votre enfant et j'ai voulu respecter jusqu'à la fin votre douce récréation.

— Et maintenant, je l'espère, vous venez me demander l'hospitalité, me dit le bon paysan en me tendant la main.

— J'avoue que je l'accepterai de grand cœur, aussi bien pour moi que pour mon cheval; car le pauvre animal ne s'est pas reposé un instant depuis ce matin que nous sommes en route, et il a fourni une longue course par une chaude journée et un soleil ardent.

— Il faut d'abord songer au cheval, me dit-il; c'est la règle de conduite de tout bon cavalier. Enlevons-lui la selle et la bride et attachons-le sous ce hangar. Pauvre animal! comme il se jette sur l'orge que je lui donne! C'eût été vraiment dommage de le laisser pâtir jusqu'à demain. — Maintenant que le voilà commodément installé, songeons au cavalier. Venez et suivez-moi.

Nous entrâmes dans l'habitation. La jeune femme, qui commençait à revenir de sa frayeur, avait servi le souper pendant que je causais avec son mari. Je suppliai mon hôtesse d'accepter mes petites provisions pour ajouter au menu du repas, et j'avoue que l'aspect de la bouteille de vin fit sur elle et sur son mari une impression favorable. C'est ce qui acheva sans doute de me gagner leur confiance. Nous nous mîmes à table et nous ne tardâmes pas à être comme de vieux amis.

Mon hôte s'appelait Rurick et mon hôtesse Eliska. C'était un excellent ménage, autant que j'en pus juger par la manière douce et affable dont ils se parlaient et l'empressement qu'ils mettaient à aller au-devant des désirs l'un de l'autre. Du reste, ils paraissaient dans l'aisance et leur table était abondamment servie. J'y fis honneur et mangeai de fort bon appétit, ce qui parut leur faire un grand plaisir.

— Si vous n'êtes pas trop fatigué, me dit Rurick à la fin du repas, et si vous voulez retarder l'heure de votre repos, je puis vous faire assister à une réunion qui aura peut-être quelque intérêt pour vous, qui êtes étranger.

— Je suis complétement remis de mes fatigues, mon cher hôte, grâce à votre bonne hospitalité, et je vous serai reconnaissant de toutes les occasions que vous pourrez me fournir d'étudier les mœurs de votre pays.

— Voici tout simplement de quoi il s'agit, me dit-il : dans ce hameau, nous avons l'habitude de passer nos soirées ensemble, tantôt chez l'un, tantôt chez l'autre. On cause, on s'entretient de ses affaires, on boit un peu et on rit beaucoup. Mais ce n'est pas tout encore : celui qui reçoit doit raconter quelque histoire ou quelque légende, sans cela on ne le tiendrait pas quitte et on reviendrait chez lui jusqu'à ce qu'il eût rempli cette condition. Or, ce soir, mon tour est venu.

Mais j'entends déjà des voix et des bruits de pas : ce sont eux.

Une vingtaine d'hommes et de femmes de tout âge entrèrent en effet dans la salle. En me voyant, ils parurent vouloir se retirer.

— Restez, mes amis, leur dit Rurick; monsieur est un étranger qui a bien voulu accepter l'hospitalité dans ma demeure; à ce titre, vous le regarderez, j'en suis sûr, comme un ami, et vous ne trouverez pas mauvais qu'il assiste à notre petite réunion.

Toutes ces bonnes gens s'empressèrent de me saluer et de me dire que j'étais le bien venu parmi eux.

On prit place sur des bancs de bois, et, lorsque le wodka eut commencé à circuler, Rurick se plaça au milieu du cercle et raconta la légende suivante.

Il y avait une fois un pêcheur si pauvre, si pauvre, qu'il ne vivait que du poisson qu'il prenait avec sa ligne. C'était là sa seule ressource pour entretenir son ménage, et encore lui manquait-elle souvent; car la pêche était rarement heureuse, et il semblait qu'un mauvais génie eût juré la perte du pêcheur.

Un jour qu'il avait vainement tendu sa ligne et ses filets depuis le lever jusqu'au coucher du soleil, et qu'il se disposait à rentrer chez lui, le désespoir dans l'âme, sans avoir rien à rapporter pour le souper de sa femme et de ses pauvres enfants, il aperçut, au bout d'un de ses hameçons, un petit poisson si joli et si extraordinaire qu'il n'en avait jamais vu de semblable. Son corps était recouvert d'écailles d'or; ses nageoires resplendissaient comme de l'argent et ses yeux brillaient ainsi que des escarboucles.

Le pauvre pêcheur, quelque émerveillé qu'il fût de la vue de ce petit poisson, aurait préféré à cette trouvaille une demi-douzaine de beaux carpillons; mais il n'y avait pas à choisir, la nuit avançait, et mieux valait encore rapporter le petit poisson, si mince qu'il fût, pour le repas de la famille, que de revenir les mains vides au logis.

Notre homme se disposait donc à mettre le poisson dans sa gibecière, quand celui-ci lui dit :

— Laissez-moi vivre et remettez-moi dans la mer. Que ferez-vous de moi pour contenter votre appétit? C'est à peine si je puis fournir quelques bouchées! Encore, si la ville était proche, quelque amateur m'achèterait à cause de ma beauté; mais la ville est éloignée, et, avant que vous n'y arriviez, mes brillantes écailles se seront ternies et l'éclat de ma riche parure aura disparu. Ainsi donc, puisque je ne puis vous être bon à rien, prenez pitié de moi et remettez-moi dans la mer.

Le pêcheur fut touché de la prière du petit poisson, et, le décrochant de l'hameçon avec beaucoup de précaution, afin de lui faire le moins de mal possible, il le replaça dans l'onde.

Au lieu de s'enfuir au plus vite, le petit poisson se tint à la surface de l'eau et dit au pêcheur :

— Pêcheur, mon bel ami, vous ne savez pas quel service vous venez de me rendre. Je puis vous en récompenser, et je le ferai d'autant plus volontiers que vous ignoriez, quand vous m'avez épargné, que cela pourrait vous être de quelque utilité ou de quelque profit. Revenez donc ici demain, dès l'aube du jour, et je vous jure d'accomplir le souhait que vous formerez.

Après avoir dit ces paroles, le petit poisson s'enfonça sous une vague et disparut.

Je vous laisse à penser si le pêcheur fut surpris et émerveillé. Il releva une dernière fois ses lignes et ses filets pour retourner dans sa demeure; il les trouva garnis d'un nombreux butin : le bonheur commençait à lui venir. Il s'en alla donc tout joyeux porter sa pêche au logis et raconter à sa femme son aventure extraordinaire.

Le conte dit qu'ils ne fermèrent pas l'œil de la nuit et qu'ils la passèrent à discuter sur ce que le pêcheur demanderait au petit poisson. Le lendemain matin, l'aube naissante les trouva d'accord, et le pêcheur se rendit au bord de la mer.

La brise agitait doucement les vagues, et les premiers rayons du soleil, s'y reflétant comme dans un miroir, formaient mille feux dont l'œil pouvait à peine soutenir l'éclat.

Au sommet d'une de ces vagues, et comme un diamant éblouissant dans un nid d'argent et d'or, le petit poisson se jouait, et ses écailles, comme les facettes brillantes d'une pierre précieuse, renvoyaient autour de lui la lumière et les rayons qu'elles recevaient du soleil.

Dès que le petit poisson eut aperçu le pêcheur, il alla vers le rivage et lui dit :

— Pêcheur mon ami, montez dans votre barque et suivez-moi.

Le petit poisson s'en alla bien loin, bien loin, toujours en côtoyant le rivage. Le pêcheur passait sur sa trace dans des endroits où nulle barque ne s'était aventurée jusque-là. Les récifs y étaient si dangereux et en si grand nombre, que le plus adroit pilote n'aurait pu s'y frayer un chemin. Mais, pour le petit poisson, ce n'était qu'un jeu; il allait, venait, tournait autour des rochers, évitait les écueils, devinait les bancs de sable; et la barque le suivait sans encombre et aussi sûrement que si elle avait vogué en pleine mer.

Ils arrivèrent ainsi à l'entrée d'une grotte immense dans laquelle les eaux de la mer pénétraient librement.

— Voici mon empire, dit le petit poisson au pêcheur; demandez-moi maintenant ce que vous souhaitez le plus, et je vous l'accorderai.

— Ce que je souhaite le plus vivement, répondit le pêcheur, c'est ce que tous les hommes poursuivent de tous leurs vœux et de tous leurs désirs, depuis le jour où ils connaissent la vie jusqu'au moment où elle les abandonne. Le bonheur! Donnez-moi le bonheur, que chacun rêve et poursuit, puisque vous avez la puissance d'accomplir un de mes souhaits.

— Mais, repartit le petit poisson, chacun ici-bas cherche le bonheur dans des sentiers divers : pour les uns c'est l'opulence avec le luxe et le cortége de plaisirs qui l'accompagnent; pour d'autres ce sont les honneurs, les dignités, les hautes places, qui élèvent l'homme comme sur un trône d'où il voit ses semblables agenouillés devant lui. Enfin, je n'en finirais pas si je voulais énumérer toutes les sources, stériles ou fécondes, où les hommes viennent puiser le bonheur. Toutefois, mon bel ami, je ne peux pas choisir pour vous : vous voulez le bonheur; cherchez dans vos sentiments et dans vos goûts ce qui doit vous y conduire, et demandez-le-moi.

— Eh bien! dit le pêcheur, je veux essayer des richesses : voilà assez longtemps que je suis malheureux parce que je suis pauvre; peut-être trouverai-je le bonheur en changeant de position.

— Soit! dit le petit poisson. Et il entra dans la grotte, après avoir dit au pêcheur de le suivre avec sa barque.

La grotte était immense; la lumière qui pénétrait par la large ouverture s'affaiblissait peu à peu à mesure qu'ils s'enfonçaient plus avant; bientôt ils se trouvèrent dans une obscurité complète, et la barque n'avait pour guide que le sillon lumineux que laissait derrière lui le petit poisson.

Quel ne fut pas l'étonnement du pêcheur quand, au bout de quelques instants, il se trouva dans une salle immense, au milieu d'une clarté éblouissante! Jamais spectacle plus admirable n'avait frappé les regards d'un mortel : aussi loin que la vue pouvait s'étendre, des colonnes d'agate et de porphyre soutenaient la voûte formée d'une matière semblable au diamant; les murs étaient revêtus de plaques d'or et d'argent, sur lesquelles étaient gravés, avec un art infini, mille sujets gracieux; des lustres formés de pierres précieuses de toutes les couleurs, projetaient une lumière tellement vive que l'œil ne pouvait en soutenir l'éclat.

Le petit poisson continua sa route jusqu'au fond de cette galerie féerique. Là, il montra au pêcheur un coffre de jaspe, porté au-dessus des vagues par quatre griffons en or massif.

— Puisez dans ce coffre, lui dit-il; toutes les richesses de la terre y sont accumulées; mettez-en dans votre barque ce qui ferait la fortune d'un royaume, et puissent cet or, cet argent et ces diamants précieux vous procurer tout le bonheur que vous souhaitez!

Le pêcheur ne se le fit pas dire deux fois; il puisa largement dans ce trésor et ne s'arrêta que sur l'assurance que lui donna le petit poisson qu'il pourrait en revenir prendre, si ce qu'il allait emporter ne lui suffisait pas.

Ils sortirent de la grotte, reprirent le même chemin et se retrouvèrent bientôt au bord du rivage, à l'endroit où le pêcheur avait coutume d'amarrer sa barque.

— Pêcheur mon ami, je vous quitte maintenant, dit le petit poisson. Vous avez demandé la richesse; vous voilà plus riche que tous les rois de la terre. Je désire vivement que vous soyez heureux; mais si vous étiez déçu dans votre attente, si le bonheur trompait votre espérance, revenez ici, jetez une de ces pierres précieuses dans la mer et je m'empresserai d'accourir à votre aide.

Pendant que le petit poisson parlait ainsi, le pêcheur remplissait d'or et de diamants ses poches et sa besace. Quand il en eut pris tout ce qu'il en pouvait porter, il cacha soigneusement le reste sous ses filets, et, après avoir remercié son ami et lui avoir exprimé sa reconnaissance, il prit sa course vers sa demeure.

Un mois ne s'était pas écoulé que le pêcheur revenait trouver le petit poisson.

Celui-ci arriva au signal convenu.

— Êtes-vous heureux? cria-t-il de loin au pêcheur. Venez-vous me demander de nouvelles richesses?

— Les richesses ne m'ont pas donné le bonheur, répondit le pêcheur. J'ai satisfait tous mes désirs, j'ai épuisé toutes les jouissances du luxe et de l'opulence, j'ai essayé de tous les plaisirs de la terre; ils n'ont laissé dans mon cœur que le vide et l'ennui. Reprenez vos trésors, si vous ne pouvez me donner le bonheur auquel j'aspire; j'aime encore mieux ma condition première.

— Voulez-vous maintenant essayer des honneurs et de la puissance?

— Essayons, dit le pêcheur; peut-être cette nouvelle tentative sera-t-elle plus heureuse. J'ai été si longtemps humilié et méprisé à cause de ma basse condition, j'ai trouvé les impôts si lourds, les lois si dures, l'obéissance si pénible, que je rencontrerai peut-être le bonheur en changeant de rôle et en exerçant à mon tour le pouvoir sous lequel j'ai si souvent gémi.

— Montez donc dans votre barque et suivez-moi de nouveau, dit le petit poisson.

Et il le conduisit bien loin dans la pleine mer jusqu'à une petite île, qui s'élevait à peine au-dessus du niveau des vagues. L'œil n'y distinguait que des fleurs toutes plus fraîches et plus charmantes les unes que les autres. Elles entrelaçaient leurs tiges gracieuses et formaient mille bosquets enchanteurs, où une foule de petits oiseaux, semblables à des oiseaux de paradis, faisaient entendre de mélodieux concerts.

— Descendez dans cette île, dit le petit poisson, et suivez le sentier qui s'offrira devant vous jusqu'à ce que vous rencontriez une plante plus haute que les autres; la fleur en est d'un rouge éclatant, avec un filet d'or au bord des pétales. Cueillez-la; ce sera pour vous un talisman précieux à l'aide duquel vous pourrez parvenir au faîte des grandeurs. Quand vous désirerez quelque place ou quelque dignité, vous n'aurez qu'à montrer cette fleur à celui qui disposera de l'objet de vos désirs, et soudain il s'empressera de vous satisfaire.

Le pêcheur suivit les instructions du petit poisson, et, muni de son talisman, il retourna vers le rivage.

Là, le petit poisson lui dit encore :

— Essayez de ce nouveau moyen; mais s'il arrivait que la puissance ne vous donnât pas le bonheur, revenez ici et jetez cette fleur dans la mer; j'accourrai de nouveau à votre secours; car vous m'avez sauvé la vie et je tiens à vous donner le bonheur en échange du service que vous m'avez rendu.

Cette fois-ci, le pêcheur revint au bout de huit jours au bord de la mer et il jeta la précieuse fleur dans les vagues.

Le petit poisson apparut à l'instant à la surface de l'onde.

— Fi des honneurs et de la grandeur! dit le pêcheur. La jalousie, l'envie et la calomnie les accompagnent. Les gens au pouvoir ne rencontrent autour d'eux que des flatteurs qui les perdent et les égarent, ou des adversaires injustes qui attaquent jusqu'à leurs intentions les plus pures. Il est plus facile, je le vois, d'obéir que de commander. Reprenez le don que vous m'avez fait : le bonheur n'est pas dans les jouissances de l'ambition.

— Pêcheur mon ami, repartit le petit poisson, vous voilà maintenant bien embarrassé!

— Si vous me donniez un conseil.

— Vous voulez que je vous donne un conseil? Eh bien! j'y consens. Vous avez vainement poursuivi le bonheur en dehors de la position où le ciel vous a fait naître; cherchez-le maintenant plus près de vous. Tenez, voulez-vous m'en croire? reprenez vos filets; levez-vous chaque matin avant l'aurore; vous me trouverez ici et je vous conduirai dans des endroits où vous ferez toujours bonne pêche. Avec le produit de votre travail vous n'aurez rien à redouter de la misère. Votre femme veillera sur votre maison avec l'ordre et l'économie d'une bonne ménagère, et, laborieuse comme vous, elle élèvera vos enfants à suivre votre exemple. Vous vivrez ainsi, chacun travaillant de son côté; vous trouverez le repos plus doux après les fatigues de la journée; l'union et la paix habiteront dans votre demeure, et je m'étonnerais bien si vous ne finissiez pas par trouver dans cette vie douce et paisible le bonheur que vous avez vainement demandé aux richesses et aux honneurs.

Le pêcheur suivit les conseils du petit poisson, et il s'en trouva si bien qu'on ne l'appela plus dans le pays que l'*heureux pêcheur*.

Quand on lui demandait comment lui, autrefois triste et découragé, il était arrivé à cette vie si douce et si pleine de charmes, il répondait :

« Vous me demandez mon secret ; vous voulez savoir où est le bonheur... Il est » dans le *travail*, dans l'accomplissement du *devoir* et dans *la famille.* »

Ainsi conta mon hôte.

Après une nuit passée sous son toit hospitalier, je retrouvai, grâce à lui, mon chemin, et je ne tardai pas à être de retour à Odessa, où mon premier soin fut d'écrire pour vous, mon cher Gaston et ma chère Marie, *la légende du Petit Poisson.*

LE PIBROCH* DE CLOVELAND.

A quelque distance de la ville de Perth, s'élève, comme un horizon lointain, une longue chaîne de collines. L'aspect en est triste et sévère; on dirait d'énormes rochers entassés les uns sur les autres, et c'est à peine si quelques traces de végétation se montrent çà et là au milieu de cette nature aride et désolée.

On m'avait parlé à Perth des ruines d'un magnifique château, qui se trouvent de l'autre côté de la montagne, et je n'avais garde de laisser échapper une aussi bonne occasion d'enrichir mon album et mes souvenirs. Je partis donc un jour, de grand matin, monté sur un excellent petit poney aussi facile à manier qu'il était vif d'allure et solide sur ses jarrets d'acier.

Au bout de quelques instants d'un galop rapide, j'avais gagné les premières collines. Je ralentis la course de mon gentil coursier et je gravis au pas le sentier taillé dans le roc. Après une heure d'une ascension fatigante, mais exempte de danger, grâce à l'intelligence, et surtout à la sûreté des jambes de mon poney, j'arrivai au sommet de la montagne. J'aperçus alors, à quelque distance, un hameau dont les chaumières entourées de petits jardins et tout encadrées de feuillage et de verdure, réjouirent mes regards longtemps attristés par le sombre paysage que je venais de parcourir.

Assises devant la porte d'une de ces chaumières, quelques vieilles femmes filaient et, autant que j'en pouvais juger de loin, le mouvement de leurs lèvres était pour

* Le *pibroch* est une espèce de *cornemuse* écossaise, qui diffère peu de celle dont on se sert dans plusieurs parties de la France. On donne aussi le nom de *pibroch* à celui qui joue de cet instrument.

le moins aussi rapide que celui de leurs quenouilles. Pour parler d'une façon plus respectueuse, elles paraissaient avoir une conversation fort animée; mais dès que le bruit des pas de mon cheval eut frappé leur oreille, elles s'arrêtèrent et toute leur attention se concentra sur moi.

Je m'approchai d'elles et, mettant pied à terre, je leur demandai si j'avais encore beaucoup de chemin à faire pour arriver aux ruines du château de Cloveland.

— Les ruines de Cloveland? me dit l'une des vieilles femmes; voyez-vous, sur la droite, cette tour crénelée qui domine les sapins? Avec quelques pans de mur où croissent les ronces et le lierre, avec des fossés à moitié comblés, c'est tout ce qui reste de Cloveland.

— Mais, repris-je, est-ce à la suite d'une guerre ou de quelque événement extraordinaire que ce château a été détruit?

— C'était autrefois, me dit-elle, une noble et belle demeure; mais les maîtres sont morts sans laisser d'héritier au nom de Cloveland; le château est échu, il y a plus d'un siècle à des parents éloignés, qui ne sont jamais venus l'habiter et se sont contentés de percevoir les revenus du domaine. Voilà pourquoi l'antique manoir de Cloveland est en ruine maintenant. Et plût au ciel qu'il n'en fût pas ainsi! les habitants du hameau de Clova seraient moins pauvres et moins à plaindre, s'ils avaient encore, pour venir à leur aide dans les mauvais jours, un bon seigneur et une bienfaisante châtelaine, comme le lord Arthur et la belle Lucy, dont on redit encore l'histoire dans nos veillées. Car, voyez-vous, le temps a renversé une à une les pierres de ce château, mais il n'a pu effacer le souvenir de ses anciens maîtres. Mais vous voulez aller aux ruines de Cloveland et je vous retiens par mon bavardage.

— Je suis de ceux, lui répondis-je, qui aiment à s'instruire auprès des vieillards. Heureux ceux qui ont souvent recours à leur mémoire comme à leur expérience!

— Vous avez raison, me dit-elle, et vous parlez plus sagement que ne le font ordinairement les jeunes gens de votre âge. Après tout, nul ne peut vous en dire plus long que moi sur Cloveland et sur ses derniers maîtres; ce que je sais et ce que je raconte sur eux, je l'ai bien souvent entendu raconter à mon aïeule, qui les avait connus étant tout enfant.

— Je vous serais bien reconnaissant, bonne mère, si vous vouliez me dire cette histoire d'Arthur et de Lucy de Cloveland, dont vous parliez tout à l'heure.

— Volontiers, me dit-elle. Attachez votre poney au tronc de cet arbre et débridez-le, afin qu'il puisse manger l'herbe tout à son aise. Maintenant venez vous asseoir sur ce banc, bien près de moi; car je suis bien vieille, voyez-vous, et l'on ne m'entendrait plus, comme autrefois, du hameau au château de Cloveland.

Je vais donc, pour contenter vos désirs, vous raconter l'histoire d'Arthur, surnommé le *Pibroch de Cloveland*, et de sa sœur Lucy.

Et la bonne vieille commença en ces termes :

Au temps de l'usurpation de Cromwell, vivait un lord de Cloveland, chéri de tous ses vassaux à cause de la grande bonté avec laquelle il les traitait. Un grand malheur avait brisé sa vie; une épouse bien-aimée lui avait été ravie jeune encore; et, depuis lors, se vouant tout entier à l'éducation des deux enfants qu'elle lui avait laissés, il passait ses jours renfermé dans son domaine. Jamais on ne le voyait partager ni les réunions, ni les plaisirs des autres seigneurs ses voisins.

Dieu lui avait donné une grande consolation en lui accordant deux enfants, dont les qualités naissantes et le bon naturel le dédommageaient amplement des soins qu'il leur prodiguait.

Arthur et Lucy devaient être bien beaux, car je me rappelle avoir vu dans mon enfance deux portraits retrouvés dans la vieille tour et qui les représentaient. Or, je n'ai jamais contemplé de plus gracieux visages.

Mais, ce qui est préférable à la beauté, ils étaient bons, généreux et charitables. Souvent ils s'échappaient du château et venaient consoler les misères et les douleurs du hameau. Nos pères les appelaient *les deux Anges de Clova.*

Arthur et Lucy s'aimaient de l'amitié la plus vive, et jamais ils ne se quittaient d'un instant. Travail, peine, plaisirs, ils partageaient tout; ils avaient les mêmes désirs, les mêmes pensées, le même bonheur, et les bras de leur père les trouvaient toujours réunis pour recevoir les mêmes caresses.

Le lord de Cloveland était heureux de cette union intime de ses deux enfants. Plus d'une fois, sans doute, il se prit à penser que si quelque malheur imprévu venait à priver Arthur et Lucy de son amour et de sa protection, sa fille trouverait dans son fils un défenseur et un appui.

Mais de grands événements vinrent troubler tout à coup leur vie heureuse et paisible.

La nouvelle se répandit que le fils de l'infortuné Charles Ier venait de débarquer en Écosse, et que les lords écossais l'avaient reconnu pour leur roi et avaient juré de défendre ses droits contre Cromwell. Le lord de Cloveland, aussi brave que fidèle à ses princes, ne fut pas un des derniers à rejoindre l'armée du *prétendant*.

Ce fut pour lui une bien grande douleur, le jour où il lui fallut se séparer de ses chers enfants. Son âme était en proie à une mortelle inquiétude. Il allait les laisser dans le château, sous la garde de quelques serviteurs dévoués; mais les hasards de la guerre pouvaient lui devenir funestes; les troupes ennemies pouvaient chercher à s'emparer du château, que ses fortifications rendaient une position redoutable: que deviendraient alors Arthur et Lucy?

Le lord avait un intendant, nommé Dicken, en qui il avait toujours eu une grande confiance. Il lui remit le soin de veiller sur ses enfants et les lui recommanda avec de grandes instances. Voici les instructions qu'il lui donna. En cas d'attaque du château, Dicken devait conduire Arthur et Lucy au hameau de Clova; là, couverts de simples habits, ils trouveraient dans la chaumière des Duncan un asile plus humble, mais plus sûr.

— Or, me dit la vieille femme en interrompant son récit, Duncan était le nom de mes ancêtres, et c'est aussi le mien.

Le maître de Cloveland partit donc un jour à la tête de son clan, qui ne dut être ni un des moins braves, ni un des moins nombreux de l'armée de Charles.

Les deux enfants pleurèrent bien longtemps après le départ de leur père. Rien ne pouvait les distraire ni les arracher à leur douleur. Leurs jeux et leurs travaux furent interrompus, les petites fleurs de leurs jardins se desséchèrent, et leurs oiseaux favoris ne les virent plus chaque matin apporter à la volière la provision de la journée. Ils erraient tous les deux dans les vastes appartements du château ou dans les longues allées du parc, cherchant quelque trace ou quelque souvenir de leur père, s'arrêtant aux lieux où il aimait à se reposer, lui parlant et l'appelant des noms les plus doux, comme s'il était encore là pour les écouter et pour leur répondre.

Pauvres enfants! ils ne devaient jamais le revoir, leur père bien-aimé; et cette perte cruelle devait être le commencement de tous leurs malheurs.

Souvent Arthur et Lucy, montés sur leurs petits poneys, descendaient au hameau pour voir le vieux Duncan, le père de mon aïeul. Celui-ci, à cause de son âge et de ses infirmités, n'avait pu suivre à la guerre le maître de Cloveland. Les deux enfants passaient des journées entières dans la chaumière, écoutant ses récits. Quelquefois aussi le jeune Arthur s'essayait, sous sa direction, à jouer sur le pibroch les airs de nos montagnes; car le vieux Duncan avait été, dans son temps, le plus habile joueur de pibroch qui existât à vingt lieues à la ronde, et il voyait avec plaisir, dans le jeune maître, un élève qui, disait-il, « finirait tôt ou tard par lui faire honneur. »

Or, un jour que les deux enfants étaient venus à Clova, suivant leur coutume, on vit arriver, pâles, les vêtements en désordre, et couverts de sang et de poussière, plusieurs habitants du hameau qui étaient partis avec le maître de Cloveland.

On les entoure, on les accable de questions. Tout le monde est dans la crainte et dans l'anxiété. Ici, c'est une mère qui demande ce que sont devenus ses fils; là, c'est une jeune épouse qui s'abandonne au désespoir en cherchant en vain son mari parmi ceux qui viennent d'arriver.

Ce jour-là, le hameau de Clova fut plongé dans un grand deuil et dans une désolation inexprimable. De trente qui avaient pris les armes et qui avaient répondu à l'appel du maître de Cloveland, dix seulement revenaient; les autres s'étaient fait tuer pour défendre leur seigneur.

Voici ce qui était arrivé.

L'armée écossaise et celle de Cromwell s'étaient rencontrées dans les plaines de Dumbarton. Un combat terrible s'était engagé; mais la victoire était restée aux troupes anglaises.

Dans cette journée néfaste, trois mille Écossais avaient été tués et dix mille emmenés prisonniers.

Le maître de Cloveland, après avoir fait, à la tête de son clan, des prodiges de valeur pour assurer la fuite du roi Charles, était tombé blessé mortellement.

Le fils du vieux Duncan, qui avait pu échapper au carnage, avait reçu ses dernières instructions au sujet de ses deux enfants, et son dernier soupir.

Rien ne pourrait peindre la douleur d'Arthur et de Lucy, quand ils apprirent l'affreux malheur qui venait de les frapper. Ils s'abandonnèrent au plus violent désespoir et repoussèrent toutes les consolations que chacun, oubliant ses propres chagrins, cherchait à leur donner.

Le vieux Duncan parvint seul à les calmer par ses bonnes et douces paroles.

— Mon jeune maître, dit-il à Arthur, songez aux dernières volontés et au dernier vœu de votre père. C'est sur vous qu'il a compté pour protéger votre sœur Lucy :

vous êtes maintenant son seul appui. C'est à vous de la consoler et de lui parler le langage de la raison, comme ce sera à vous un jour de la soutenir et de la défendre. Vous, vous n'êtes plus un enfant; vous avez treize ans, et bientôt vous serez un homme; elle, elle est plus jeune que vous, elle est faible, elle aura besoin de toute votre amitié et de tout votre dévouement. Reprenez donc un peu de courage. Hélas! le malheur qui vous frappe ne sera peut-être pas le dernier. On dit qu'un détachement ennemi est en marche pour s'emparer du château. Toût ce qui nous reste d'hommes en état de porter les armes va aller avec mon fils renforcer la petite garnison de Dicken. Nous, nous allons nous hâter, avec les femmes, les enfants et les vieillards de ce hameau, de gagner une retraite sûre, que je connais dans la montagne, et nous attendrons là les événements. Telle est, mes enfants, la volonté de votre père; il vous a, par ses dernières paroles, confiés à ma garde. Tenez, sir Arthur, voici un médaillon qu'il a donné à mon fils pour vous le remettre; il contient, vous le savez, son portrait et celui de votre mère. Suspendez ce médaillon à votre cou et ne le quittez jamais : il sera votre talisman et votre sauvegarde.

Arthur pleura longtemps en écoutant les paroles du vieillard; puis il prit le médaillon, et l'embrassant avec transport, il s'écria :

— O mon père! vous qui nous avez tant aimés sur la terre, et qui maintenant, réuni à notre mère, veillez sur nous du haut du ciel, j'obéirai à vos dernières inspirations; je serai digne de vous et de votre amour : je veillerai sur ma sœur et je vous remplacerai auprès d'elle!

Et les deux enfants étaient tombés à genoux et, après avoir embrassé les images chéries de leurs parents, ils restèrent longtemps dans les bras l'un de l'autre.

Mais bientôt on signala l'approche des soldats de Cromwell. Il fallut fuir au plus vite.

Que se passait-il pendant ce temps au château?

Dicken avait accueilli la nouvelle du désastre de l'armée écossaise et de la mort de son maître avec une douleur apparente. En réponse à ce que lui transmit le fils de Duncan de la part du lord de Cloveland, il protesta de son dévouement pour son ancien maître et pour ses enfants; il jura qu'il défendrait le château jusqu'à son dernier soupir contre les attaques des Anglais, et qu'il sacrifierait mille fois sa vie pour conserver aux jeunes maîtres de Cloveland le domaine de leurs aïeux. Mais ses paroles mentaient à son âme perfide; depuis le commencement de la guerre, il nourrissait dans son cœur une mauvaise pensée, une coupable espérance : l'occasion devenait favorable, il allait la saisir.

Quand les soldats de Cromwell se présentèrent devant le château, Dicken sembla faire tout préparer pour la défense; mais secrètement il envoya au lieutenant qui commandait le détachement, un messager dont il avait fait son complice à force d'or et de promesses. Le messager était chargé de dire au lieutenant que Dicken était prêt à livrer la garnison du château, si l'on voulait lui assurer la propriété du domaine; il s'engageait en outre à ne jamais entrer dans la ligue écossaise et à rester attaché au parti de Cromwell.

Le lieutenant accepta ces conditions; pendant la nuit une issue secrète fut ouverte aux assiégeants, qui surprirent les défenseurs du château et les massacrèrent jusqu'au dernier.

Le fils du vieux Duncan s'échappa seul, et il alla porter à son père et à ses jeunes maîtres la nouvelle de ce nouveau malheur.

Il fut alors convenu qu'Arthur et Lucy, cachés sous des vêtements grossiers, quitteraient le pays sous la garde du fils de Duncan. Car il était évident qu'ils avaient tout à craindre de Dicken. Le plus grand intérêt de celui-ci, pour s'assurer la tranquille possession du domaine de Cloveland, n'était-il pas de chercher à s'emparer des deux pauvres enfants ou d'attenter à leurs jours ?

Sous la conduite de leur guide fidèle, Arthur et Lucy se réfugièrent dans un petit village du Lothian. Ce village, environné de forêts et éloigné de toutes les routes, était, par sa position, à l'abri de tous les hasards de la guerre. Arthur et Lucy y furent en effet en sûreté.

Là commença pour eux une vie de misère et de privations. Avec le peu d'argent que Duncan leur avait procuré, ils louèrent une misérable chaumière. Mais ce n'était pas tout; il fallut travailler pour vivre. Arthur en prit courageusement son parti. Il se mit à bêcher la terre et à aider le bon Duncan dans la culture du petit jardin et des quelques morceaux de terre qui attenaient à la chaumière, et qui étaient désormais leur seule ressource.

Lucy, de son côté, s'occupait des soins du ménage : c'était elle qui raccommodait le linge, qui préparait le repas, qui entretenait l'ordre et la propreté dans l'intérieur de la chaumière; et ses petites mains blanches, qui avaient ignoré jusque-là le dur labeur des femmes de la campagne, ne reculaient pas devant les travaux les plus grossiers et les plus pénibles.

C'est ainsi qu'à force de courage, ces pauvres enfants, élevés dans le luxe et dans l'opulence, semblaient ne se souvenir de leur condition première que pour conjurer l'adversité avec plus d'énergie et de persévérance.

Souvent, le soir, après les travaux du jour et le frugal repas qui les suivait, ils venaient s'asseoir devant la porte de la chaumière; alors Arthur redisait sur sa cornemuse tous les airs que lui avait appris le vieux Duncan, et Lucy chantait à son tour, de sa voix fraîche et pure, les refrains qui avaient bercé leur enfance.

Alors les habitants du village quittaient leurs demeures et venaient s'asseoir autour d'eux pour les écouter.

Chacun aimait et admirait ces pauvres enfants, car le mystère qui entourait leur existence s'était peu à peu dévoilé, et c'était à qui parmi ces bons paysans leur donnerait les marques les plus vives et les plus sincères d'intérêt et d'affection. Pour eux était la dîme de toutes les récoltes, les plus beaux fruits des vergers, les plus belles fleurs des jardins. Tant il est vrai que rien n'attire le respect des hommes comme le courage et la résignation avec lesquels nous supportons les maux que le ciel nous envoie.

Arthur et Lucy trouvaient de grandes consolations dans leur malheur. L'union de leurs cœurs, la tendre amitié de leurs jeunes années s'étaient encore resserrées au sein de l'infortune.

Rien n'égalait leur respect et leur affection pour le bon Duncan, qui avait quitté pour eux son vieux père, sa famille et son pays. Celui-ci veillait sur eux avec le dévouement du père le plus tendre; il leur épargnait, autant qu'il le pouvait, la peine et la fatigue, et entretenait l'espérance au fond de leurs jeunes âmes, en leur faisant entrevoir des jours meilleurs dans l'avenir.

Les deux enfants grandissaient ainsi, gardant précieusement dans leur cœur le souvenir de leur père bien-aimé. Ils en parlaient souvent, alors qu'au lever du soleil ils se promenaient dans la campagne, se tenant par la main; ils se consolaient mutuellement et, se prodiguant les plus douces caresses, ils priaient, en embrassant les images chéries de leurs parents et en se jurant de s'aimer toujours et de ne jamais se quitter.

Plusieurs années s'écoulèrent de la sorte. Arthur était devenu un jeune homme fort et vigoureux. Une noble ardeur brillait dans ses regards, et les traits de son père revivaient en lui. Lucy était une belle et grande jeune fille, à la taille svelte et élancée, l'exercice et les habitudes d'une vie active avaient développé tous les avantages dont la nature s'était plu à la combler.

Mais de grands événements s'étaient accomplis en Écosse et en Angleterre. Un jour le bruit se répandit dans le village que le règne de l'usurpateur était fini et que Charles II allait remonter sur le trône.

A cette nouvelle, Arthur conçut un projet qu'il considéra comme une inspiration que son père lui envoyait du haut du ciel. Il s'empressa de la communiquer au fidèle Duncan et à Lucy.

— Je vais partir, leur dit-il; je vais me rendre à Londres. On dit que le roi va bientôt y rentrer; je me jetterai à ses genoux, je lui demanderai justice au nom des services et du dévouement de mon père. Il m'écoutera, j'en suis sûr; il punira le serviteur infidèle, qui n'a pas craint de dépouiller les enfants de son maître, et il nous rendra le patrimoine de nos ancêtres.

Duncan et Lucy applaudirent à ce projet; mais ils ne purent jamais consentir à le laisser partir seul.

— Ne nous séparons pas, mon frère bien-aimé, lui dit Lucy; c'est la volonté de notre père. Pourquoi ne veux-tu pas que nous t'accompagnions? Crains-tu pour moi les fatigues de la route? Va, je suis forte et courageuse; je ne te retarderai pas dans ton voyage et notre affection en abrégera les ennuis.

Arthur ne résista pas aux sollicitations de sa sœur; le lendemain matin, ils partirent tous les trois, sans autre ressource que leur courage et leur foi dans la Providence.

Ils s'en allèrent ainsi de ville en ville et de village en village, vivant de l'hospitalité qu'ils recevaient et qu'on ne manquait jamais de leur donner, au récit que Duncan, leur guide fidèle, faisait de leurs malheurs.

Le jour où ils arrivèrent à Londres, après un mois de marche et de fatigue, était celui où le roi Charles II faisait son entrée dans la capitale.

La ville retentissait de chants joyeux, les rues étaient jonchées de fleurs, les bannières flottaient au vent, le son de la musique guerrière électrisait les cœurs, et la foule se pressait sur le chemin que devait suivre le cortège.

Après mille peines infinies, Duncan avait réussi à faire placer Arthur et Lucy au premier rang.

Bientôt on signale l'approche du roi; les trompettes retentissent, des exclamations d'enthousiasme et d'allégresse s'élèvent de tous côtés.

Charles II n'est plus qu'à quelques pas..... Arthur prend son pibroch et se met à jouer le refrain guerrier du clan de Cloveland.

Au son de cette musique, qui lui rappelle tant de souvenirs, le roi ému s'arrête devant Arthur.

— Qui que vous soyez, lui dit-il, merci de votre touchante intention. Les émotions de cette belle journée ne m'ont pas fait perdre le souvenir des mauvais jours que j'ai traversés et du dévouement de mes braves Écossais. Mais qui êtes-vous, mes amis? que voulez-vous de moi?

— Nous sommes les enfants du comte de Cloveland, mort à Dumbarton pour vous défendre, dit Arthur.

Et, prenant sa sœur par la main, et se précipitant avec elle à genoux devant le roi:

— Nous venons vous demander justice et protection contre un infâme qui, par trahison, s'est emparé de notre patrimoine.

— Relevez-vous, nobles enfants, leur dit Charles; ce n'est pas aujourd'hui, que je reprends possession du trône de mes aïeux, que je négligerai de faire droit aux justes réclamations de ceux dont le père a versé son sang pour moi.

Puis, se tournant vers le duc de Buckingham qui se tenait à quelques pas de lui, il ajouta:

— Tout à l'heure nous serons dans notre palais de White-Hall; notre désir est que les enfants de notre dévoué serviteur, le maître de Cloveland, soient par vos soins amenés en notre présence; là nous les écouterons et nous aviserons à les rétablir le plus promptement possible dans le domaine de leur père.

Un mois après, Dicken recevait le juste châtiment de ses crimes, et Arthur et Lucy avaient repris possession de Cloveland.

Ils vécurent longtemps, s'efforçant de faire oublier à leurs vassaux tous les maux qu'ils avaient soufferts, et ne s'occupant que de rendre heureux tous ceux qui les entouraient.

Ils ne se marièrent jamais, dans la crainte que des affections nouvelles ne les éloignassent l'un de l'autre; et, par une permission de Dieu, ils s'éteignirent doucement, le même jour, à quelques heures de distance.

On les plaça dans le même tombeau; pendant longtemps, ceux qu'ils avaient comblés de bienfaits vinrent apporter sur leur mausolée le pieux tribut de leur douleur reconnaissante.

— Voilà, me dit la vieille femme, l'histoire d'Arthur et de Lucy. Vous vous étonnerez, peut-être, de tous les détails que j'ai pu vous donner; mais j'ai si souvent entendu raconter ces événements, et je les ai si souvent racontés moi-même, qu'il me semble presque qu'ils se sont accomplis sous mes yeux.

Je remerciai la bonne vieille, et, remontant sur mon poney, je me dirigeai vers les ruines de Cloveland, que je visitai avec un grand intérêt.

Au milieu de ces ruines, j'ai fait le petit croquis que vous avez vu au commencement de cette nouvelle; je me suis plu à y reproduire l'image d'Arthur et de Lucy, tels que mon imagination me les représentait sous l'impression du récit de leurs touchantes aventures.

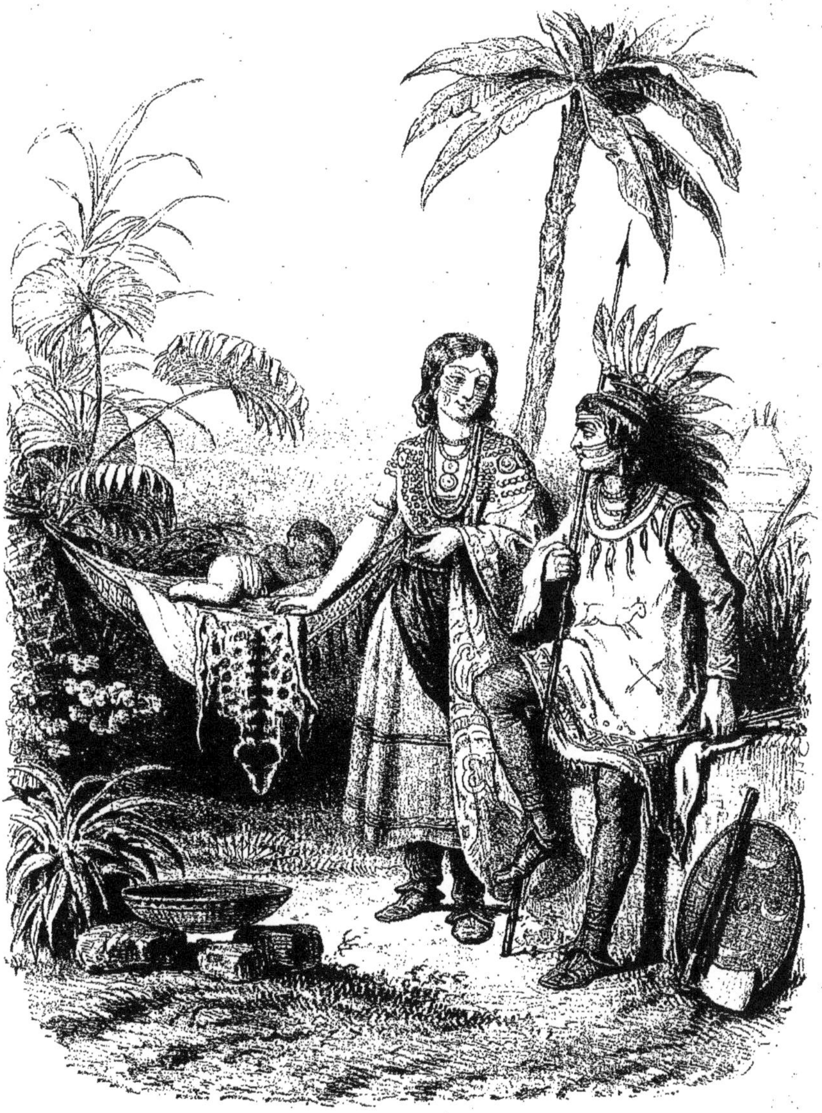

L'ILE DES COCOS

(OCÉANIE.)

Je suis allé bien loin de vous, mon cher Gaston et ma chère Marie, depuis que j'ai quitté notre bonne mère et ces longues allées de notre beau parc de Villemereux, où je me faisais enfant pour partager votre joie et vos plaisirs.

Me voici dans l'Océanie.

L'Océanie, cinquième partie du monde, est, comme vous le savez, composée d'îles répandues dans le Grand-Océan. On la divise généralement en trois grandes régions : la *Malaisie*, *l'Australie* et *la Polynésie*. La France, l'Angleterre, l'Espagne et la Hollande se partagent la plus grande partie de ces îles successivement découvertes par de hardis navigateurs, parmi lesquels il faut citer les capitaines Cook, Bougainville, La Pérouse et Dumont-d'Urville.

Les mœurs des différents peuples de l'Océanie sont d'autant plus curieuses à étudier que, dans ces contrées, on trouve à chaque pas, à côté de la civilisation européenne, des peuplades qui vivent encore à l'état sauvage et dont la barbarie a résisté jusqu'à ce jour à toutes les tentatives.

C'est dans cette dernière catégorie qu'il faut ranger l'archipel des îles Salomon, compris dans la portion de l'Océanie nommée Australie.

Les îles Salomon, par leur riche végétation, aussi bien que par les mœurs des peuples qui les habitent, méritent de fixer l'attention des navigateurs.

Parmi ces îles, je citerai l'*île des Cocos*, ainsi appelée à cause des innombrables cocotiers que l'on y rencontre.

Arrêtons-nous-y quelques instants.

Voyez-vous, mon cher Gaston et ma chère Marie, ce chef sauvage, avec sa tunique bariolée de figures symboliques et son casque orné de plumes de toutes couleurs? d'une main il tient une longue pique, et de l'autre des traits assez semblables aux javelots des guerriers romains; auprès de lui sont une hache et un bouclier.

A quelques pas se tient une femme jeune et belle; son visage est tatoué comme celui du chef sauvage; des colliers et des bracelets formés de perles et de coquillages entourent ses bras et son cou; sa main balance un léger hamac, dans lequel repose, doucement étendu sur une peau de tigre, un tout petit enfant.

C'est Outari, le chef de l'*île des Cocos,* avec Tapoa, sa femme, et son fils.

Je vais vous raconter comment je les ai connus et quel service j'ai pu leur rendre en échange de l'hospitalité qu'ils voulurent bien m'accorder.

Notre frégate avait mouillé dans une espèce de havre qui paraissait assez sûr et assez commode. A peine l'ancre était-elle jetée, que nous aperçûmes à quelque distance des indigènes dans leurs pirogues. Ce n'était pas sans doute le premier navire qu'ils voyaient dans ces parages; car ils ne témoignaient aucune crainte ni aucune défiance, et ils paraissaient, au contraire, vouloir entrer en relations avec nous. En effet, les pirogues s'approchèrent peu à peu du vaisseau. Nous invitâmes alors les sauvages à monter à bord, et quelques-uns ne tardèrent pas à se rendre à notre appel. Une fois sur le pont, ils nous exprimèrent par des signes et par des gestes fort animés le désir qu'ils avaient de nous procurer les provisions dont nous pouvions avoir besoin, en échange de quelques armes hors d'état de servir, de mauvais couteaux, de miroirs et de verroteries que l'on avait étalés sous leurs yeux.

Nous nous empressâmes de les satisfaire, et nous réussîmes sans doute complétement à gagner leurs bonnes grâces; car, après avoir pris congé de nous, non sans nous avoir témoigné leur reconnaissance de la manière la plus vive et la plus pathétique, ils ne tardèrent pas à revenir, nous apportant une grande quantité de cocos, des coquillages, du poisson frais et des fruits de toute espèce.

Bientôt même ils nous invitèrent à descendre sur la grève et à venir visiter leur île, nous faisant comprendre que nous n'avions rien à redouter et qu'ils nous traiteraient en amis.

Après quelques hésitations, je me décidai, après avoir pris la permission du capitaine, à suivre l'un des sauvages qui paraissait exercer sur les autres une certaine autorité, car ils le traitaient avec respect et semblaient prêts à lui obéir au moindre signe.

Ce sauvage, c'était Outari.

Je pris avec moi six matelots bien déterminés; armés jusqu'aux dents, nous nous embarquâmes dans le canot et suivîmes la pirogue que montaient les indigènes.

Nous abordâmes bientôt au rivage, et nous ne tardâmes pas à nous trouver dans un pays qui nous parut fertile et bien cultivé. Nous traversâmes des champs de cannes à sucre, des plantations d'*abacas*, espèce de bananiers dont les feuilles fournissent des fibres qui servent à fabriquer les étoffes avec lesquelles se vêtissent les naturels de ces îles, et nous atteignîmes une immense forêt située sur le versant d'une haute colline.

Jamais je n'avais vu une plus belle végétation. Ici c'étaient des palmiers aux larges feuilles ; là, de hauts figuiers dont les branches, retombant sur le sol, y formaient de nouvelles racines ; mais ce qui frappa surtout mes regards, ce fut une quantité innombrable de cocotiers. Je ne pouvais me lasser d'admirer ces arbres gigantesques, dont le feuillage touffu ne laissait aucun passage aux rayons du soleil.

On ne peut, à moins de l'avoir vu, se figurer tout ce qu'il y a de grandiose et d'imposant dans le spectacle de ces immenses forêts que la main des hommes a respectées et où la nature, abandonnée à elle-même, étale librement toute sa vigueur et tous ses trésors.

Après avoir traversé la forêt, nous arrivâmes sur un plateau où nous découvrîmes un certain nombre de cases qui formaient comme un village.

Une cinquantaine de sauvages étaient assis en cercle à quelques pas des habitations. A notre approche, ils ne témoignèrent aucune crainte. Je distribuai aux hommes quelques cigares et aux femmes des perles de verre de couleur ; ils parurent nous accueillir avec les meilleures intentions du monde.

Outari nous montra sa case; plus grande que celle des autres sauvages, elle en était un peu éloignée et attenait à un petit bois de palmiers.

Tapoa, la femme du chef sauvage, était debout à la porte de la case, semblant attendre le retour de son époux.

C'était une belle jeune femme, vêtue de la façon la plus pittoresque. Une espèce de canezou léger couvrait la partie supérieure de son corps ; une jupe attachée à la ceinture lui descendait un peu au-dessous du genou, et, pour compléter son costume, une pièce d'étoffe, serrée autour des hanches, se drapait gracieusement autour d'elle. Tapoa avait des cheveux d'un noir d'ébène qui, arrangés avec soin, retombaient en boucles épaisses sur ses épaules.

L'enfant dormait dans son hamac suspendu à deux palmiers, devant l'habitation.

On nous fit asseoir sur des nattes, et on nous servit du poisson grillé et des fruits; nous fîmes honneur à ce repas, ce qui parut contenter notre hôte et nous placer plus avant encore dans son estime.

Le repas terminé, j'étais occupé à montrer à Tapoa les cadeaux que je lui destinais, quand tout à coup notre attention fut distraite par un sifflement aigu, qui paraissait sortir d'un des arbres auxquels le hamac était attaché.

La jeune mère poussa un cri d'effroi : la tête d'un énorme serpent apparaissait menaçante à travers les feuilles d'un des palmiers; son dard dirigé vers l'enfant semblait prêt à lui porter une atteinte mortelle.

Le sauvage prit une flèche et banda son arc; mais il le rejeta bientôt avec découragement : de l'endroit où il était placé il lui était impossible de tirer sur le reptile sans risquer d'atteindre son fils.

Notre sang se glaçait dans nos veines. La pauvre mère était folle de douleur; car la tête du serpent avançait toujours et son dard effleurait presque la chevelure de l'enfant.

Il n'y avait pas un instant à perdre : je saisis mon fusil, et, ajustant le serpent, je lui perçai la tête d'une balle. L'affreux animal, comme frappé de la foudre, vint tomber raide mort au pied de l'arbre.

A ce spectacle, le désespoir de la mère se changea en une joie qui tenait presque du délire; elle courut à son fils, le prit dans ses bras et l'accabla de caresses.

L'enfant s'éveillait alors; le danger qui le menaçait n'avait pas même troublé son sommeil qui n'avait été interrompu que par la détonation de l'arme à feu.

Je ne pourrais dépeindre la reconnaissance que me témoignèrent le père et la mère; ils se jetaient à mes pieds, embrassaient mes genoux et, me prenant les mains dans les leurs, ils m'adressaient les remerciements les plus expressifs.

Cependant, le jour commençait à baisser et je me disposais à retourner au vaisseau. Mais le ciel s'était chargé de nuages noirs, un vent violent agitait les arbres de la forêt et de larges gouttes d'eau commençaient à tomber par intervalles. Un orage effrayant ne tarda pas à éclater.

Je voulais partir, craignant que le capitaine ne s'inquiétât de notre absence, craignant aussi que le navire ne souffrît lui-même de la tempête; mais Outari s'y opposa; il me fit comprendre qu'il était impossible de se mettre en route, et que lui-même craindrait de s'engager dans la forêt pendant l'orage.

Force me fut donc d'attendre le jour dans sa case. Nous nous étendîmes sur des nattes pour essayer de nous livrer au sommeil; mais le bruit de la foudre, répété par tous les échos des montagnes et le mugissement du vent à travers les arbres nous tinrent éveillés toute la nuit.

L'orage ne cessa qu'avec l'aurore. Nous nous hâtâmes alors de nous mettre en route.

Outari voulut me servir de guide; sa femme elle-même nous accompagna jusqu'au vaisseau. Lorsque nous fûmes arrivés à l'endroit où notre canot était amarré, ils me firent de touchants adieux, et, avant de nous séparer, le chef me força d'accepter ses armes de guerre.

Nous regagnâmes le navire. Le capitaine nous attendait avec anxiété; il me témoigna sa joie qu'il ne nous fût rien arrivé de fâcheux.

Immédiatement il donna ordre de lever l'ancre.

Les deux sauvages, en voyant s'éloigner le vaisseau qui m'entraînait loin de leurs bords, étendaient les mains vers moi et paraissaient m'adresser un dernier adieu. Puis ils répétaient leurs noms, afin, sans doute, que je les gardasse dans ma mémoire comme un souvenir de l'amitié qu'ils me conserveraient toujours.

LES ENFANTS EN CHINE

L'Empire chinois, appelé par les indigènes *le Céleste Empire,* est un vaste et puissant État situé dans l'Asie orientale. Il comprend une immense étendue de pays, et n'a pas moins de trois mille cinq cents kilomètres du nord au sud, et de huit mille de l'est à l'ouest. Sa population peut être évaluée à trois cent quarante millions d'habitants. Le climat en est généralement chaud; le sol y produit en abondance les plantes et les arbres les plus variés.

La fondation de l'Empire chinois remonte à la plus haute antiquité; s'il faut en croire les historiens de ce pays, il s'est écoulé plus de quatre mille ans depuis son origine. Il est certain que la civilisation chez les Chinois a devancé celle de toutes les autres nations; ainsi, ils connaissaient, longtemps avant les Européens, la boussole, l'imprimerie et les armes à feu; mais cette civilisation ne s'est pas répandue au dehors, et nul peuple n'a pu en profiter, par la raison que l'accès de la Chine a, de tout temps, été interdit aux étrangers. Aujourd'hui même, on ne pénètre encore qu'avec de grandes difficultés dans quelques villes de la Chine.

De courageux missionnaires, qui exposent leur vie pour répandre les bienfaits de la religion parmi ces peuples, ont pu seuls nous procurer quelques documents sur les mœurs et l'histoire des Chinois.

C'est à un de ces dévoués et bons missionnaires que je dois, en grande partie, les détails que je vais vous donner sur la condition des *enfants en Chine.*

Notre vaisseau, après s'être arrêté quelque temps à Manille, faisait voile pour Macao. A quelque distance de cette ville, et comme nous commencions à apercevoir la terre d'Asie, une barque chinoise s'approcha du navire; c'était un pilote qui venait se proposer pour nous conduire; ses offres furent acceptées. Nous gagnâmes bientôt l'embouchure du Tigre, et, vers la fin de la journée, nous jetâmes l'ancre en vue de Macao.

Macao est une ville d'un aspect peu agréable, bâtie au pied de hautes collines dont les sommets dépourvus de végétation attristent l'œil par leur nudité sévère. Elle s'élève en amphithéâtre jusqu'à mi-côte, dominée par le fort de la Guia.

En arrivant sur le port, on trouve de belles maisons bâties à l'européenne; mais bientôt le spectacle change, les rues deviennent escarpées et étroites, et c'est à peine si dans quelques-unes quatre personnes peuvent passer de front. Une foule nombreuse s'y presse cependant, et la plus grande animation règne dans cette ville, qui est avec Lintin et Canton le centre du commerce de l'Europe avec la Chine.

A peine débarqués, notre premier soin fut de nous rendre au couvent des Missions Étrangères. Nous savions que nous y rencontrerions un bon accueil et une aimable hospitalité. Nous fûmes en effet reçus avec le plus grand empressement.

Notre bonne mère vous l'a déjà dit, mon cher Gaston et ma chère Marie, il y a des hommes qui s'en vont loin de leur patrie et de leur famille, qui ne reculent devant aucun sacrifice et qui, inspirés par la voix de Dieu, s'exposent sans crainte à tous les dangers, aux privations les plus dures, aux souffrances les plus cruelles, à la mort la plus affreuse, pour aller porter en Chine les lumières de l'Évangile et consoler ce pauvre peuple dont la plus grande partie vit au milieu de tous les maux qu'enfantent la barbarie et l'oppression.

Quel respect, quelle admiration ne doivent-ils pas inspirer, ces hommes dont rien n'arrête le courage et le dévouement! Je les ai vus calmes et souriants, racontant avec la simplicité d'un enfant, et comme des choses tout ordinaires, des travaux qui laissent bien loin derrière eux tout ce que peut produire la volonté unie à la bravoure, et tous les actes qui, dans le cours de la vie, font les belles actions et les grandes renommées.

Les missionnaires qui se destinent à travailler à la conversion des Chinois, arrivent à Macao, et là ils commencent par étudier la langue et les coutumes du pays. Quand ils sont un peu avancés dans cette étude longue et difficile, et qu'ils peuvent espérer de dissimuler leur origine sous les vêtements des indigènes, ils se répandent dans les différentes parties de l'Empire chinois, là où les besoins de la mission réclament leur présence; ils vont affronter des persécutions terribles, et se vouer à une mort presque certaine pour gagner quelques âmes à Dieu.

Mais il est une autre œuvre à laquelle se dévouent les missionnaires et qui vous intéresse plus particulièrement, mes chers petits amis: je veux parler de l'*œuvre de la Sainte-Enfance* ou *des Petits Chinois*.

Cette œuvre consiste à recueillir et à racheter une foule de pauvres enfants chinois destinés à la mort dès leur naissance et abandonnés par des parents barbares ou misérables.

Vous ne pourriez croire, mon cher Gaston et ma chère Marie, vous qui êtes si heureux, et qui depuis votre plus tendre enfance avez vu tous vos désirs et tous vos besoins prévus par les soins et l'inquiète sollicitude d'une bonne mère, vous ne sauriez croire, dis-je, quelle est la triste condition des enfants de la classe pauvre en Chine.

Dans ce pays, où la population est très-nombreuse et où la misère est extrême, les parents ne peuvent souvent nourrir tous les enfants que le ciel leur envoie. Or, ils les exposent devant la porte de leurs demeures, et les pauvres petits nouveau-nés deviennent la proie des animaux ou meurent de froid et de faim.

Les lois de la Chine ne punissent pas celui qui donne la mort à son enfant; cette affreuse coutume, que rien ne tend à réprimer, se retrouve plus ou moins dans toutes les provinces de l'empire.

L'usage barbare d'exposer les enfants ou de les faire périr s'exerce encore plus sur les filles que sur les garçons : dans certaines provinces de l'empire chinois, on n'épargne, pour ainsi dire, aucune fille; de sorte que les habitants, quand ils veulent se marier, sont obligés d'aller choisir leurs fiancées dans des provinces voisines.

Le nombre de ces innocentes créatures, que des pères cruels et des mères dénaturées destinent à une mort violente, est très-considérable; c'est par centaines et par milliers qu'on les détruit ainsi; pour vous en donner une idée, je vous dirai que divers auteurs évaluent à dix ou douze mille le nombre des malheureuses victimes qui périssent annuellement dans la seule ville de Pékin.

En face de cet affreux tableau, qui pourrait croire à la civilisation d'un peuple qui viole ainsi les premières lois de la nature, et dont les sentiments sont au-dessous de l'instinct même des animaux!

Mais il est aussi une spéculation infâme à laquelle se livrent les Chinois : ceux de leurs enfants qui ont trouvé grâce devant leurs yeux et n'ont point été voués à la mort, ils les vendent, et ces pauvres petits sont ainsi destinés à consumer leur existence entière dans le plus pénible esclavage.

C'est pour arracher toutes ces malheureuses créatures à une mort cruelle ou à une servitude plus cruelle encore, que l'œuvre de *la Sainte-Enfance* a été instituée par un pieux évêque, dont la vie entière fut consacrée au soulagement de toutes les misères et de toutes les infortunes.

Cette œuvre est fondée, mes chers amis, sur une combinaison aussi simple qu'ingénieuse : elle demande peu à chacun, et comme cette aumône légère ne gêne personne, chacun s'empresse de donner. On recueille ainsi dans toutes les parties de l'univers des sommes considérables destinées à mettre les missionnaires à même de préserver les pauvres petits Chinois du sort affreux qui les menace.

Voici comment procèdent les bons missionnaires. Ils achètent le plus d'enfants qu'ils peuvent, et souvent à des prix fort minimes ; ils les déposent dans des asiles où ils leur font donner tous les soins que comporte leur âge. Plus tard, ils les instruisent et les forment à la pratique des vertus chrétiennes.

Parmi ces enfants ainsi régénérés, les uns deviennent les disciples des missionnaires et se dévouent à la conversion et au rachat de leurs frères ; les autres forment des pères et des mères de famille fidèles observateurs des lois de la religion et de la morale, et dont l'exemple exerce une salutaire influence sur leurs concitoyens.

Mais je vous ai peut-être attristés, mon cher Gaston et ma chère Marie, par le récit des misères affligeantes que j'ai fait passer sous vos yeux. Je ne le regretterai pas cependant, si vous avez été émus du sort de ces pauvres enfants, et si quelquefois, retranchant de vos plaisirs un superflu que vous regretterez à peine, vous contribuez, pour votre part, à venir au secours de *l'œuvre des petits Chinois.*

Je vais vous donner maintenant quelques détails sur l'habillement et l'éducation des enfants en Chine.

L'habillement des enfants consiste généralement en un *langousti*, ou longue pièce d'indienne, qui leur ceint les reins, flotte par devant ou se retrousse par derrière. Les enfants riches portent, par-dessus une tunique blanche, une robe courte d'une étoffe riche et précieuse.

Que deviendrait ma gentille Marie, dans ce vilain pays de la Chine, avec ses longs cheveux bouclés qui encadrent si bien son frais visage? Ici on rase les enfants et on ne leur conserve qu'un long toupet situé au sommet de la tête et fixé ordinairement par une grosse épingle de cuivre doré ornée de pierres fausses.

Des colliers de perles, des bracelets d'or ou d'argent, le plus souvent garnis de grelots, complètent la parure des enfants

Quand ils sont arrivés à l'âge de douze ou treize ans, on convoque les parents, les amis et les *talapoins* ou prêtres des idoles; ces derniers leur rasent la tête au son des instruments; après quoi, on joue la comédie et on fait un grand festin qui dure plusieurs nuits et plusieurs jours. Chacun des convives fait ensuite son offrande à l'enfant, et cette offrande s'élève souvent dans les familles aisées à une somme considérable.

Quant à l'éducation des petits Chinois, elle est à peu près nulle pour les enfants païens.

On apprend aux petites filles de basse condition à cuire le riz, à chanter quelques ballades, à rouler les feuilles de *bétel*, à couper la noix d'*arèque*, à faire des cigares, et rarement à coudre. Ce sont elles qui vont chercher le bois pour la cuisine, cueillir les fruits et les plantes potagères; elles puisent l'eau, rament sur les barques et vont au marché où elles vendent des gâteaux, des fruits et des légumes.

Pour les petits garçons, dès l'âge de huit à neuf ans on les confie à quelque *talapoin*. Celui-ci les fait ramer sur sa barque, tous les matins, quand il va recueillir les aumônes; puis il les laisse jouer pendant le reste de la journée, dans la pagode, avec leurs nombreux petits camarades. De temps à autre, le talapoin apprend aux enfants à lire et à écrire; mais il y met si peu de zèle et d'empressement, qu'au bout de dix ou douze ans passés dans la pagode, sur dix élèves, il est rare d'en trouver un qui sache lire couramment et encore moins écrire.

Quelle différence, mon cher Gaston et ma chère Marie, entre la condition de ces pauvres petits et celle des enfants de nos pays civilisés!

Quand, en écrivant ces lignes destinées à votre instruction, je pense au sort heureux que le ciel vous a réservé, je ne sais si vous pourrez assez bénir et remercier Dieu tous les jours de votre vie. Il aurait pu vous faire naître dans ces climats lointains où la barbarie fait à l'enfance une condition si pénible : au lieu de cela il vous a placés dans un heureux pays où la civilisation, née de la religion et de la science, répand ses nombreux bienfaits sur les générations qui s'en vont comme sur celles qui naissent à la vie; il vous a donné une bonne et tendre mère qui veille à tous vos besoins, qui vous protége de son amour et qui répand dans vos jeunes âmes, avec le germe de toutes les vertus les lumières d'une instruction solide. Quelle reconnaissance ne lui devez-vous pas!

Mais je suis arrivé à la dernière partie de la tâche que je m'étais imposée pour vous.

Notre vaisseau vient de lever l'ancre; nous quittons la Chine et nous allons faire voile vers la France sans nous arrêter autrement que pour renouveler nos provisions.

Je vais m'occuper pendant cette longue traversée à remettre en ordre ce que j'ai écrit pour vous pendant mes premiers voyages.

J'abrégerai ainsi la distance qui me sépare de vous et de notre bonne mère.

CONCLUSION. — UN PLAISIR ET UNE BONNE ACTION.

La lecture de l'*Album du Jeune Voyageur* venait d'être terminée.

— Mais, mon frère, dit Marie à l'aspirant de marine, tu nous as habitués à trouver une amusante nouvelle sur chacun des pays que tu as parcourus; nous espérions en rencontrer une dernière à la suite des détails que tu nous donnes sur les enfants en Chine; pourquoi as-tu trompé notre attente? Ce n'est pas bien, et nous ne te tiendrons pas quitte que tu n'aies payé ta dette jusqu'au bout.

— Je suis de l'avis de Marie, dit Gaston.

— Et moi, mes chers petits amis, je suis de votre avis à tous deux. Mais vous ne me garderez pas longtemps rigueur; car je vous ai ménagé une surprise qui vous sera, j'en suis sûr, très-agréable. Vous connaissez Jean, ce petit enfant que j'ai ramené avec moi de mes voyages......

— Il est si gentil, si intelligent, et surtout si bon et si complaisant pour nous, dit Marie en interrompant son frère!

— Tu as raison, ma chère Marie; il est impossible de trouver un plus aimable et plus heureux naturel. Eh bien, ce que vous ne savez pas, parce que j'avais pris soin que vous l'ignorassiez jusqu'à ce jour, c'est que ce jeune enfant est un de ces pauvres petits Chinois vendus par leurs parents dont je vous parlais dans mon dernier récit. Je vais vous dire en peu de mots son histoire.

Jean est fils de pauvres artisans des environs de Macao. Son père, obéissant à l'affreuse coutume des Chinois, et le vendit à un fabricant d'étoffes chez lequel il

travaillait lui-même. Jean, ou plutôt Kéo, car c'est son nom chinois, avait alors sept ans; il se rappelle que sa mère, qui était bonne et qui aimait tendrement ses enfants, essaya par ses prières et par ses larmes de détourner son père de sa résolution ; mais ce fut en vain, et le pauvre petit fut livré à son nouveau maître pour une faible somme d'argent. Le maître était dur et brutal : courbé tout le jour sur un métier, faisant avec courage un travail au-dessus de ses forces et de son âge, Kéo ne recevait en échange de sa bonne volonté et de sa résignation, que les plus mauvais traitements; mal nourri, à peine vêtu, il était souvent battu, et cela de la manière la plus cruelle.

Or, un jour que son maître l'avait injustement frappé, l'enfant s'enfuit.

Kéo courut longtemps, craignant d'être poursuivi; il ne s'arrêta qu'à une des portes de Macao. Exténué de lassitude et de besoin, il se coucha sur le sol et ne tarda pas à s'endormir. A son réveil, il vit auprès de lui un inconnu : effrayé d'abord, il voulut fuir; mais l'inconnu, qui n'était autre qu'un de ces dévoués missionnaires dont je vous ai précédemment entretenus, le retint et le rassura par des paroles si douces et si pleines de bonté que l'enfant ne tarda pas à lui faire le récit de ses malheurs.

Le bon missionnaire remercia le ciel de l'occasion qui lui était offerte et il se hâta d'emmener l'enfant dans un de ces asiles établis à Macao par l'œuvre de la *Sainte-Enfance*, où les pauvres petits Chinois arrachés à l'esclavage ou à la mort retrouvent une famille qui les aime et qui leur fait oublier, à force de tendresse et de soins, tous les maux qu'ils ont soufferts. Kéo fut instruit dans la religion chrétienne; il reçut le baptême, et fut appelé Jean.

C'est moi, mes chers petits amis, qui lui ai servi de parrain; c'est en pensant à vous que j'ai accepté cette tâche et les obligations qu'elle impose. Je vais m'expliquer plus clairement. Jean avait douze ans lorsque je l'ai vu pendant mon séjour à Macao; instruit par les missionnaires, il parlait le français aussi bien que sa langue maternelle; je conçus le projet de l'emmener avec moi et de vous charger d'achever l'œuvre commencée par la *Sainte-Enfance*.

Les bons missionnaires ont bien voulu consentir à me le céder, me conjurant d'en faire un bon chrétien et un honnête homme. Je leur ai promis en votre nom de veiller sur lui avec sollicitude et de pourvoir à son avenir. C'est à vous de voir si vous voulez accomplir cette tâche.

— Oh! merci! dit Marie en sautant au cou de son frère.

— Merci! dit Gaston. Tu avais bien raison de dire que tu nous ménageais une agréable surprise. Ne crains rien; nous en prendrons bien soin de notre petit protégé; nous l'aimerons bien, et nous ferons en sorte de lui donner tout le bonheur dont il a été privé dans ses jeunes années.

— Et puis, ajouta Marie, nous l'instruirons et nous lui répéterons les leçons que nous donne notre bonne mère; je veux qu'il partage nos études aussi bien que nos jeux.

— C'est bien convenu?...

— Oui, oui, dirent les deux enfants.

— Eh bien, je vous le donne; dès à présent il vous appartient.

— Et moi, mes enfants, dit madame de Villemereux, heureuse de voir se développer dans vos âmes le germe des qualités que j'ai cherché à y faire naître, et remerciant Dieu qui a béni mes efforts, je vous seconderai de tout mon pouvoir dans la tâche que vous allez entreprendre, et j'espère qu'elle vous deviendra facile autant qu'agréable. Le bon Dieu vous aimera bien, mes chers enfants, car vous lui aurez conservé une de ses créatures, et celui qui tient compte même « d'un verre d'eau donné en son nom, » vous récompensera de votre bon cœur et de votre générosité.

Continuez ainsi, mes chers enfants, aimez à faire le bien et souvenez-vous qu'en accomplissant cette douce loi de la charité, vous trouverez toujours un *plaisir* à côté d'une *bonne action.*

TABLE DES MATIÈRES

PARIS. — TYP. DE Mme Ve DONDEY-DUPRÉ, RUE SAINT-LOUIS, 46.

www.ingramcontent.com/pod-product-compliance
Ingram Content Group UK Ltd.
Pitfield, Milton Keynes, MK11 3LW, UK
UKHW021108220726
13924UKWH00004B/1583